www.ingramcontent.com/pod-product-compliance
Lightning Source LLC
LaVergne TN
LVHW050756051026
849532LV00008B/2884
* 9 7 8 9 3 6 9 0 8 4 2 3 4 *

کانچ کی دنیا

(افسانے)

پشکر ناتھ

Kaanch ki Duniya *(Short Stories)*

by: Pushkar Nath

Edition: April '2025

Publisher :

Taemeer Publications LLC (Michigan, USA / Hyderabad, India)

ISBN 978-93-6908-423-4

9 789369 084234

کتاب	:	**کانچ کی دنیا** (افسانے)
مصنف	:	**پشکر ناتھ**
صنف	:	فکشن
ناشر	:	تعمیر پبلی کیشنز (حیدرآباد، انڈیا)
سالِ اشاعت	:	۲۰۲۵ء
صفحات	:	۸۲
سرورق ڈیزائن	:	تعمیر ویب ڈیزائن

فہرست

رازِ دل

سب کچھ ختم ہو گیا ہے۔ ابھی پلک جھپکتے ہی میں۔ میں دیکھ ہی رہا تھا کہ کمان کا تناؤ ٹوٹ گیا۔ اب کوئی گھٹن محسوس نہ ہوگی، کوئی خنجر پہلو میں باقی نہ رہے گا، کوئی آگ سینے میں نہ جلے گی۔ بھیانک اور گہرے اندھیرے کا کوئی احساس دل میں ہراس نہ جگائے گا۔ اب تو صرف سناٹا ہے۔ گہرا سناٹا!

جیسے رات بھر کسی بیمار نے درد میں تڑپ تڑپ کر، مچل مچل کر، چیخ چیخ کر صبح ہوتے ہوتے دم توڑ دیا ہو۔

آگے کیا ہوگا —— کیا ہوگا؟

وہ ہلکے نیلے رنگ کے کاغذ کا پرزہ ہوا کے ایک ہلکے سے جھونکے سے بہت دور چلا گیا ہے۔ اتنا دور نہیں کہ میں دیکھ ہی نہ سکوں لیکن اتنا دور ضرور ہو گیا ہے کہ میں اسے چھو نہ سکوں نہ جانے یہ کیسا بے حسی کا عالم ہے کہ اٹھا نہ جا سکے گا۔ کوئی انگ ہلایا نہ جا سکے گا۔ صرف آنکھیں ہیں جو دیکھ رہی ہیں۔ دماغ ہے جو سوچ رہا ہے۔ نہ جانے کیا سوچ رہا ہے۔ اب اس سوچ کی

کوئی منزل نہیں ہے۔ منزل تو پہلے بھی نہ تھی لیکن منزل کا احساس تو تھا۔ اب یہ احساس بھی چھن گیا ہے۔ کیا یہ سوچ نہ چھن جائے گی؟

ایک ایک لمحے ایک ایک پل کو یہ کُرید کُرید کر اُبھار رہی ہے۔ اب یہ کُرید کیسی؟ کون سا آشیانہ بنانا ہے؟ سارے آشیانے تو ابھی ابھی اُجڑ گئے ہیں۔ بس! اسی ایک لمحے میں، ایک پل میں۔ سب کچھ ہو گیا۔ اُف! یہ ایک لمحے کا جادو!! میں نے کبھی اِس جادو کو نہیں جگایا تھا۔ ــــ ایک سہما سہما سا، بُجھا بُجھا سا اِنسان، وقت کی کڑی سے کڑی ملاتا ہوا، زندگی کے ابدی و ازلی پہیے کو چلاتا ہوا، بھلا یہ انسان کوئی جادو کیسے جگائے گا ـــــ ایک چھوٹا سا محور، چھوٹا سا آنگن، چھوٹا سا آسمان، چھوٹی سی دُنیا! کوئی ارمان نہیں، کوئی خواہش نہیں، کوئی دُکھ نہیں، کوئی خوشی نہیں، کوئی جلن نہیں، کوئی اَنا نہیں ـــــ اِسی بے رنگ و بُو دُنیا کا باسی، بھلا میں وقت کے ساتھ کیا اُلجھتا؟

صبح دس بجے کالج جاتا تھا۔ شام کو چار بجے آخری کلاس لینے کے بعد گھر واپس آتا تھا۔ بہت ہوا تو چھٹی کے دن سینما دیکھنے چلا گیا۔ رُکمنی کے سوا کوئی مونس نہیں، غمخوار نہیں۔ کوئی دوست نہیں۔ رُکمنی! جس نے ساری عمر نوکرانی کے بھیس میں بِتائی تھی۔ میری نوکرانی نہیں، اُس کی نوکرانی ـــ وہ مالکن تھی۔ رُکمنی کی بھی اور میرے اِس چھوٹے سے فلیٹ کی بھی۔ کہنے کو تو میں نے فلیٹ کہہ دیا لیکن اصل میں یہ اِس حویلی ہی کا ایک حصّہ ہے۔ تھوڑا سا ادل بدل کر کے اِسے فلیٹ کی سی شکل دے دی گئی ہے۔ کیونکہ حویلیوں کا رواج اب نہیں رہا۔ بیچ میں ایک لمبا چوڑا دالان ہے۔ اُس سے ذرا ہٹ کر حویلی کا مرکزی حصّہ ہے، جس میں رُکمنی اور اُس کی مالکن کا گھر ہے۔ دائیں اور بائیں حصّے میں کچھ کمرے کرایہ پر اُٹھائے گئے ہیں۔ ساتھ ہی ایک اصطبل ہے۔ کبھی تھا۔ اب تو اسے تبدیل کر کے گیرج بنا دیا گیا ہے ـــ جس میں وہ ہلکے آسمانی رنگ کی شیورلٹ کار رہتی ہے، جو ظاہری خوبصورتی کے باعث نئی معلوم ہوتی ہے، لیکن درحقیقت پُرانا ماڈل ہے۔ اُس کے ساتھ ہی دو کمرے ہیں جن میں ڈرائیور اور اُس کا کنبہ رہتا ہے۔ اِن کمروں سے ذرا ہٹ کر باورچی کا کمرہ ہے جس میں وہ اپنی بیوی اور بیٹے کے ساتھ رہتا ہے۔ اِس کمرے کے بعد

وہ پچاس کنال زمین پر پھیلا ہوا باغ ہے، جس میں کہتے ہیں کبھی نہر بہتی تھی اور فوارے تھے۔ اب تو نہر اور فوارے نظر نہیں آتے ـــــ شلغم، گوبھی اور آلو وغیرہ کی کیاریاں ہیں۔ البتہ وہ فصیل جو اِس باغ کے گرد بنی ہے، اب بھی اُسی طرح کھڑی ہے اور وہ ڈیوڑھی بھی کھڑی ہے، جس کے دونوں طرف، کہتے ہیں، دو باوردی سپاہی ہمیشہ کھڑے رہتے تھے لیکن اب صرف ڈیوڑھی ہی ڈیوڑھی ہے۔ اُونچی، کنندہ پر محراب تھامے، باوقار، نہ جانے کس حشمت، دبدبے اور کن رازوں کی پاسبان!

کچھ چیزیں تو پلک جھپکتے میں بدل جاتی ہیں لیکن اِس حویلی کی تاریخ دھیرے دھیرے، منزل بہ منزل بدلی تھی۔ پہلے جاگیریں گئیں، پھر زمینیں گئیں، پھر کارندے، منشی، نوکر چاکر چوکیدار گئے، پھر اصطبل کے گھوڑے گئے، پھر چاندی کے برتن گئے، پھر بڑے بڑے قالین اور فاضل فرنیچر گیا۔ چودہ پندرہ برس میں یہ تبدیلیاں آئیں۔ اب بھی بہت کچھ باقی ہے۔ تھوڑی بہت زمینیں بھی ہیں، بگھی گھوڑے کی جگہ کار آگئی ہے۔ نوکروں کی تعداد میں بہت کمی کردی گئی ہے۔ چند چیزوں کو نئے سانچے میں ڈھالا گیا ہے۔ جیسے حویلی ـــ اِس کا ایک حصہ چھوڑ کر باقی حصوں کو کرایہ پر دینے کے قابل بنا دیا گیا ہے۔ اُس ایک حصے میں وہی پُرانی شان برقرار ہے۔ جھاڑ اور فانوس لگے ہوئے ہیں۔ خاندان کے تمام راناؤں کی قدِ آدم تصویریں، سُنہرے فریموں میں جڑی، گول کمرے میں اب بھی لگی ہیں۔ ایک پوری دیوار پر تلواریں، بندوقیں، خنجر اور دوسرے اسلحے اُسی شان سے موجود ہیں۔ چند مخملی کرُسیاں اب بھی باقی ہیں۔ ہاتھی مر گیا ہے لیکن اب بھی سوا لاکھ کا ہے!

رانا رتن سنگھ اِس حویلی کا آخری وارث تھا۔ تیرہ سال کی عُمر میں اُس کی سگائی پاس کے علاقے کے زمیندار کی اکلوتی بیٹی سے ہوئی تھی ـــ اٹھارہ سال کی عمر تک رانا کی تربیت ہوتی رہی۔ اُسے شکار کھیلنا سکھایا گیا، گھوڑ سواری کے کرتب سکھائے گئے، راج نیتی کے گُر سمجھائے گئے۔ سرکار کے ساتھ کئے گئے معاہدوں کے رموز بتائے گئے۔ حویلی اور اس سے متعلق دوسری چیزوں کی اُونچ نیچ بتائی گئی اور اٹھارہ سال کی عمر میں اُس کی شادی طے کی گئی تاریخ

مقرر ہوئی، تیاریوں کا حکم دیا گیا۔ ساری منڈی اور اس سے ملحق علاقوں میں سات دن کا جشن منانے کا اعلان کیا گیا۔ سات دن کے بعد رانا کو برات لے کر زمیندار ٹھاکر جے گوپال سنگھ کے ہاں جانا تھا اور چندر مکھی کو بیاہ کر لانا تھا۔ سات دن گذر گئے۔ برات روانہ ہو گئی۔ زمیندار کے ہاں پہنچی بھی — لیکن جب وہاں سے واپس ہوئی تو اطلسی ڈولی میں چندر مکھی دُلہن نہیں تھی — چندر مکھی بیوہ تھی! تقدیر کا کتنا بڑا مذاق! ایک لمحے پہلے چندر مکھی دُلہن بن کر سولہ سنگھار کئے سہیلیوں کے جھرمٹ میں بیٹھی چہک رہی تھی اور دوسرے لمحے ایک نوکر ہانپتا کانپتا، لڑکھڑاتا، تھرتھراتا ہوا آیا اور خبر سُنا گیا — رانا جی پر گولی چلائی گئی۔ بارہ دری میں بیٹھے تھے دو گولیاں چلیں اور رانا جی کے دل میں اُتر گئیں۔ ایک لمحہ یونہی پلک جھپکنے میں بیت گیا اور چندر مکھی بیوہ ہو گئی!

اور بیوہ کو اطلسی ڈولی میں بٹھا کر لایا گیا۔ کیونکہ ٹھاکر جے گوپال سنگھ کی یہی مرضی تھی اور رانا رتن سنگھ کے بوڑھے ماموں کی بھی یہی مرضی تھی۔ حویلی میں رانا نہ رہے تو کیا حویلی رانی سے بھی محروم رکھی جائے گی۔

سال دو سال تک پولیس خونی کو تلاش کرتی رہی، قتل کا مقصد جاننے کی کوشش کرتی رہی۔ خاندانی رقابت سے لے کر محبت کی رقابت تک سبھی چیزیں کھنگالی گئیں لیکن بے سُود۔ رفتہ رفتہ رانی چندر مکھی کے دل میں چتا کے شعلے ماند پڑ گئے۔ پھر اِن شعلوں کی جگہ ایک گہرے بھیانک زخم نے لے لی، جو رُوح کی طرح گہرا اور موت کی طرح بے کراں تھا۔ حویلی میں رانی نے سب چیزیں تج دیں۔ بناؤ سنگھار، چاندی کے برتن اور سونے کے چمچے مخملی بستر اور کمخواب کے پردے۔ بیش قیمت ساڑھیاں اور ڈھیروں گہنے اور اِن چیزوں کے بدلے گیتا کو اپنا لیا۔ روز اٹھارہ کی اٹھارہ ادھیایوں کا پاٹھ کرتی۔ حویلی کے اندر رہتے ہوئے ٹھاکر دوارے میں اپنی بیوگی کی گھڑیاں بِتاتی۔ صرف ایک نوکرانی رُکمنی کو سامنے آنے کی اجازت تھی۔ یہ رنگ اُس وقت بھی رہا جب حویلی سے حکم نامے جاری ہوتے تھے اور یہی رنگ جب بھی برقرار رہا، جب سرکار کے حکم نامے حویلی میں آنے لگے۔

نہ جانے رُکمنی کو میرے ساتھ محبت کیوں ہو گئی تھی۔ ورنہ یہ سب باتیں میں کیسے

جانتا تھا۔ اِن حویلیوں کی باتیں اور یہاں کے راز ڈیوڑھی سے باہر قدم نہیں رکھ سکتے ــ ایک دن، جب مجھے اِس حویلی میں رہتے ہوئے پانچ برس ہو چکے تھے، میں نے رُکمنی سے کہا۔

"موسی! مجھے ایک بار رانی جی کے درشن کراؤ۔"

میری بات سُنکر جیسے رُکمنی کو سانپ چھُو گیا۔ اُس کی آنکھیں وحشت سے پھیل گئیں۔

"کیسی بات کرتے ہو بیٹا؟ اِس بُڑھاپے میں مجھے ذلیل کرواؤ گے؟"

"کیوں؟ اتنی بے رحم ہے یہ تیری رانی؟"

"نہیں بیٹا! ایسا نہ کہو۔ پر سوچو، جس عورت نے چودہ برس تک کسی بھی مرد کو اپنی چھایا تک نہ دکھائی ہو، اُسے میں کیسے کہوں کہ۔"

"چودہ برس؟ چودہ برس تو بہت ہوتے ہیں موسی! رام بن باس بھی تو چودہ ہی برس کا تھا ــ!"

"ہاں بیٹا! چودہ برس بہت لمبا عرصہ ہوتا ہے اور رانی جی نے اِن چودہ برسوں میں کبھی اپنے پِتا تک کو پاس نہیں آنے دیا۔ وہ تو بہت پہلے ہی سورگباش ہو گئے تھے۔ ایک میں بُڑھیا رہ گئی ہوں۔ نہ کبھی بیاہ رچایا، نہ گھر گرہستی دیکھی، نہ اولاد دیکھی۔ عمر ہو گئی نوکرانی کا کام کرتے۔ اِسی حویلی میں پیدا ہوئی، یہیں کسی دن مر جاؤں گی لیکن یہ زندگی کیا، ہزار زندگیاں رانی جی پر نچھاور کر سکتی ہوں۔"

"ارے موسی! تم تو رونے لگی ہو سچ مُچ؟"

"بیٹا کیا بتاؤں تجھے۔ کبھی کوئی بات نہیں کرتی۔ کبھی کسی سے کچھ نہیں کہتی۔ جو ملا کھا لیا۔ نہ ملا تو نہ سہی۔ بس چلے جا رہی ہے ــ تیس برس کی ابھی اگلے سال ہو جائیگی۔"

"موسی! بہت خوبصورت ہے کیا؟"

"خوبصورت؟ تم خوبصورت کہتے ہو؟ میں کہتی ہوں، کوہ قاف کی پری سامنے آجائے تو پانی بھرے ــ!"

اُس دن پہلی بار مجھے رانی کو دیکھنے کا شوق ہوا لیکن کہاں دیکھوں؟ کیسے دیکھوں؟ کبھی

باہر نہیں آتی۔ کبھی دالان میں قدم نہیں رکھتی۔ کسی برآمدے میں سے نہیں گذرتی۔ کسی کھڑکی پاس نظر نہیں آتی۔ میں نے بہت کوشش کی لیکن رانی کی جھلک تک نہ دیکھ سکا۔ نہ جانے کیوں یہ شوق چڑایا تھا مجھے؟ پاگل پن! ہاں رفتہ رفتہ یہ شوق پاگل پن ہی بن گیا۔ یہاں تک کہ ایک برس بیت گیا___ اور پھر اچانک، بے خبری میں، بغیر کسی آہٹ کے ایک دن میں نے رانی کو دیکھ لیا۔ رُکمنی ساتھ تھی۔ ہاتھ میں ایک ہلکی سی ٹوکری پھولوں سے لدی ہوئی، سیاہ رنگ کی شال میں سر سے پاؤں تک لپٹی ہوئی، نظریں جھکائے، ماتھے پر کوئی شکن نہیں، چہرے پر کوئی تاثر نہیں۔ صرف ایک نور کا ہیولیٰ تھا۔ اُس نے آہستہ سے نظریں اُٹھا کر مجھے دیکھا۔ اِن نظروں میں کوئی خفگی نہیں تھی، کوئی درشتی نہیں تھی، کوئی جذبہ نہیں تھا۔ بس نظریں تھیں۔ دیوی کی مورتی کی نظریں پتھرائی ہوئی سی لیکن زندۂ جاوید___ میں مزید تاب نہ لاکر بھاگ گیا۔

شام کو رُکمنی آئی۔

"بڑے شریر ہو۔ دیکھ لیا نا رانی جی کو___؟"

"ہاں موسی! بہت ناراض ہوئی ہوگی۔ تم سے کیا کہا؟"

"کہنے لگیں، کون تھا؟ میں نے کہا پروفیسر صاحب تھے۔ ڈیوڑھی کے کرایہ دار۔"

اُس رات میں نے ایک خواب دیکھا۔ شرگیں پلکوں والا خواب، بھیگے بالوں والا خواب۔ چھم چھم مینہہ برساتا ہوا۔ میرے اندر کے آئینے پر بارش کے قطرے ٹپ ٹپ گرے اور اُسے دُھندلا گئے۔

چودہ برس کی تپسیا کے بعد جب رانی نے آنکھیں کھولیں، تو سامنے ایک بے سر و سامان انسان کھڑا تھا۔ تھر تھر کانپتا ہوا اور ان نظروں کی تاب نہ لاکر وہ انسان بھسم ہوگیا___ وہ اِنسان میں تھا۔

نہ جانے یہ کون سی منزل ہوتی ہے، جب عقل تج دی جاتی ہے۔ جب شعور کی سرزنش کو نظر انداز کردیا جاتا ہے۔ جب سوچوں کے بہاؤ کو روک دیا جاتا ہے۔ کہتے ہیں اِس منزل پر پہنچ کر جو بھٹک گیا وہ بھٹکتا ہی رہتا ہے۔

"کیا ہو گیا ہے تمہیں؟ یہ چُپ کیوں لگ گئی ہے۔ یہ چہرہ کیوں زرد ہو گیا ہے تمہارا ــــ؟"
اِتنے دنوں کے بعد آخر رُکمنی سے نہ رہا گیا۔ پوچھ ہی بیٹھی۔

"کچھ موسی! ٹھیک تو ہوں۔ تمہارا وہم ہے۔"

رُکمنی کی آنکھیں ڈبڈبا آئیں۔ وہ دیر تک ایک ٹوٹی ہوئی شاخ کو دیکھتی رہی۔

"ہاں! مجھ سے کیوں کہو گے؟ سوچتی ہوں اگر بیاہ کیا ہوتا اور گھر بسایا ہوتا تو تمہارے ہی جیسا ایک۔ بیٹا میرا بھی ہوتا۔ میں اُس سے پوچھتی، بیٹا! کیا دُکھ ہے تجھے؟ تو ـــ تو۔" رُکمنی کی ہچکی بندھ گئی۔

"یہ تم سے کس نے کہا موسی کہ مجھے کوئی دُکھ ہے۔"

"تمہاری حالت نے۔ یہ شیو کیوں نہیں کرتے۔ یہ اتنی میلی قمیض پہنے تمہیں کبھی نہیں دیکھا تھا۔ یہ ـــ یہ اُترا ہوا چہرہ تو پہلی بار دیکھ رہی ہوں۔ رات رات بھر بجلی جگائے کمرے میں ٹہلتے رہتے ہو۔"

رُکمنی کے آنسو بجلی کی روشنی میں موتیوں کی طرح دمکنے لگے۔ میں دل ہی دل میں اُن موتیوں کو اپنی پلکوں سے چُنتا رہا لیکن رُکمنی سے کچھ نہ کہہ سکا۔ کیا کہتا؟ کیسے کہتا ـــ؟

رفتہ رفتہ ساری چیزیں دُھندلا گئیں۔ کوئی چاند نہ رہا۔ سورج کی روشنی نہ رہی۔ درختوں کی ہریالی اور پھولوں کے رنگ نہ رہے۔ صرف ایک شئے باقی تھی لیکن اُسے بھی کسی انہونے ارمان کی طرح زمانے سے چھُپائے چھُپائے رکھنا پڑا۔ ایک خنجر پہلو میں پیوست تھا جسے رکھا نہیں جا سکتا تھا اور نکالے بھی نہ بنتی تھی۔ ایک آگ تھی دل میں جسے نہ سنبھالے بنتی تھی نہ بجھائے بنتی تھی۔ جلا دو! میرے روم روم اور انگ انگ کو راکھ کر دو۔ ہائے! اِس جلنے میں کتنی راحت تھی۔ کتنا سکون تھا۔

اُس دن رُکمنی جو آئی تو میں حسبِ معمول آنکھیں بند کئے صوفے میں بیٹھا تھا۔

"بیٹا! کیوں ستاتے ہو مجھے؟ دو دن سے کھانا نہیں کھایا۔ مجھ سے کہو کیا بات ہے۔ کون ہے وہ؟ کہاں رہتی ہے۔ میں اُسے اِن سفید بالوں کا واسطہ دوں گی۔ اُس کے آگے

ہاتھ جوڑوں گی، اُس کے پاؤں ۔۔۔"

"موسی ۔۔۔!"

"ایسا نہ کہو موسی! ایسا نہ کہو۔ میں اِس قابل نہیں ہوں۔"

"اچھا! اگر تو نہ بتلائے گا، تو میں جا کے ابھی ہیرا چاٹ لوں گی!"

میں رُکمنی کی آواز سُن کر لرز گیا۔ اُس کی آواز میں اٹل ارادہ تھا۔ میں نے اُس کی آنکھو میں جھانکا۔

"نہیں سُن پاؤ گی۔"

"تم بتا کے تو دیکھو بیٹا۔"

"چندر مُکھی۔"

اچانک رُکمنی کی آنکھیں بجھ گئیں۔ ایک لمحے کے لئے اُن آنکھوں میں حیرت اور خوف کا سایہ سا تیر گیا۔ پھر اُن میں سُرخی چھانے لگی۔ شدید غصے کی سُرخی! پھر اُس کی آنکھیں غضبناک ہو گئیں اور دوسرے ہی لمحے رُکمنی بھاگ کر کمرے سے چلی گئی۔

بہت دن بیت گئے۔ رُکمنی پھر کبھی میرے پاس نہ آئی۔ مجھے انتظار بھی نہ رہا۔ کس کا انتظار؟ ایک ہلکا سا، دھیما دھیما سا درد اُسی طرح قائم رہا۔ بہت دُکھ دیئے اپنے آپ کو۔ کئی اذیتوں سے گزرا۔ آخر ایک دن میں نے فیصلہ کر لیا کہ میں چلا جاؤں گا۔ یوں کسی کی تپسیا بھنگ کرنے کا مجھے کوئی حق نہیں ۔۔۔ اور اُسی دن شام کو رُکمنی سات مہینے کے بعد میرے پاس آئی۔ بیٹھتے ہی اُس کی آنکھوں سے ساون بھادوں کی جھڑی لگ گئی۔

"کیا بات ہے موسی؟"

رُکمنی کی ہچکیاں بندھ گئیں۔ دیر تک اُس کی ہچکیاں کمرے کی بوجھل فضا میں تیرتی رہیں۔

"بیٹا! رانی جی کی طبیعت بہت خراب ہے!"

"کیوں؟ کیا ہوا ہے اُن کو؟"

"نہ جانے کیا ہوا ہے۔ ساری ساری رات جاگتی رہتی ہیں۔ کبھی چھم چھم آنسو بہانے لگتی ہیں۔ پرسوں کہا، میرے سارے کپڑے نکال دو۔ سارے زیورات نکال دو۔ پھر باری باری اُن کپڑوں کو پہننے لگی۔ زیوروں کو پہن پہن کر اُتارتی رہی۔ ساری رات یہی ہوتا رہا۔ کوئی سایہ ہو گیا ہے شاید۔ کبھی رات کو اُٹھ کر سنگھار کرنے لگتی ہے۔ پھر سب کچھ چھوڑ چھاڑ کے اوندھے منہ بستر پر گر کر رونے لگتی ہے۔ مجھ سے اُس کی یہ حالت دیکھی نہیں جاتی۔ کل رات اچانک سارے کپڑے پھاڑ دیئے۔ کہنے لگی دم گھٹ رہا ہے۔"

"کسی ڈاکٹر کو بُلانا تھا۔"

"کیسے بُلاتی بیٹا! وہ مانے تب نا۔ کہتی ہے مجھے کچھ نہیں ہوا ہے۔ تم بتاؤ کیا کروں بیٹا! بہت پریشان ہوں۔ اب تمہارے پاس آئی ہوں۔"

"میں تو جا رہا ہوں موسی!" میں نے جواب دیا۔

رُکمنی ایک لمحے کے لئے جیسے ٹھہر سی گئی۔ جیسے اچانک اُسے کچھ یاد آ گیا۔

"چلے جاؤ گے؟ ٹھیک ہے چلے جاؤ۔" اُس نے بجھی سی آواز میں کہا۔

"موسی! میرے پاگل پن کا ذکر کسی سے نہ کرنا۔ بھول جانا مجھے اور۔۔۔"

"ہاں بیٹا! ضرور بھول جاؤں گی۔ اُس دن مجھ پر پاگل پن سوار ہو گیا تھا۔ میں روتی ہوئی رانی جی کے پاس گئی اور سب کچھ رانی جی سے کہہ دیا۔"

"موسی!!" میں چیخا۔ "موسی! تم نے بہت بُرا کیا ہے۔ اُف! اب میں زندہ کیسے رہوں گا۔"

"چھما کرنا بیٹا! تم نہیں جانتے، میں رانی جی سے کتنا پیار کرتی ہوں۔ میرا باپ، میرا پتی، میرا بیٹا سب کچھ وہی ہے۔ کیسے نہ کہتی اُس سے؟ بس اُس کے ہلکے سے مُسکرائی اور کہا۔ رُکمنی! بھول جاؤ اس بات کو۔"

ہائے رُکمنی تم نے یہ کیا کیا۔ مجھے بیچ میدان ننگا کر دیا۔ اب میں کیا کروں؟ میں کل صبح آئینے میں اپنا چہرہ کیسے دیکھوں گا۔ پھر مجھے ہوش ہی نہ رہا کہ رُکمنی کب اُٹھ کے چلی گئی۔ میں جلدی جلدی اپنا سامان باندھنے لگا۔ اب اِس شہر میں میرے لئے کوئی بسیرا نہ تھا۔ تھک ہار کر میں

ایک کرسی میں ڈھیر ہو گیا ــــ باہر رات ہولے ہولے ٹھنڈی ہو رہی تھی۔ دُور نیچے کہیں نیا دِن جنم لے رہا تھا اور اسی اذیت ناک لمحے میں میری آنکھ لگ گئی۔

صبح یکایک میں بیدار ہو گیا جیسے کسی نے جھنجھوڑ کر جگایا ہو۔ باہر اُدھم مچا ہوا تھا۔ شنکھ زور زور سے بج رہے تھے۔ عورتوں کے رونے اور بین کرنے کی آواز آ رہی تھی۔ دُور ڈیوڑھی میں کوئی آدمی چیخ رہا تھا۔

'رانی جی مر گئیں !!

یکلخت میرے کانوں پر پردے گر گئے۔ گہرا سناٹا چھا گیا۔ در و دیوار ساکت ہو گئے۔ آہ! یہ مجھ سے اُٹھا کیوں نہیں جاتا۔ یہ میرے ہاتھ پاؤں شل کیوں ہو گئے؟ یہ میری آنکھوں سے آبشار کیوں اُمڈ پڑے ہیں؟

"مجھے رانی جی کے انتم درشن کرنے دو۔"

کسی مرد نے روتے روتے پکارا۔

"نہیں ــــ!" کسی نسوانی آواز نے روتے روتے کہا ــــ سامنے دیوار پر سورج کی روشنی بہت تیز ہے۔ اب یہ روشنی نیچے کھسکنے لگی ہے۔

"ارے راستہ دو۔ ارتھی آ رہی ہے۔" کوئی پکار رہا ہے۔ روتی آوازیں ڈیوڑھی تک آ گئی ہیں۔ اب یہ آوازیں ڈیوڑھی کے باہر آ گئی ہیں۔ اب گہرا سناٹا ہے۔ سورج کی روشنی دھیرے دھیرے مدھم پڑنے لگی ہے۔ مدھم اور مدھم۔ اب اندھیرا ہے۔ گہرا اندھیرا!!

یہ ایک ساتھ ساری چیزیں کیسے گم گئی ہیں؟ ــــ یہ بے حسی کا عالم۔ اس عالم کو کیا کہیے! کوئی انگ ہلایا نہ جا سکے، کوئی آواز نہ سنی جا سکے۔ کیا سارے احساس ڈوب گئے ہیں؟ وہ کون دروازے میں کھڑی ہے۔ کچھ کہہ رہی ہے شاید۔ کیا کہہ رہی ہو موسی؟

ارے! یہ بجلی جلا دی تم نے۔ بجلی! یہ چھوٹا سا بلب اتنے گہرے اندھیرے کا مقابلہ کیسے کر سکے گا؟ اس لفافے میں کیا لائی ہو؟ دیکھوں؟ آہ! کیسے پکڑوں؟ ہاتھ ہلایا بھی تو جاتے۔ تم سمجھتی کیوں نہیں موسی؟ کوئی انگ ہلایا نہیں جاتا۔ نہ جانے کیا کہہ رہی ہو۔ میری بات کا جواب

تو نہیں دے رہی ہو۔ ارے! یہ تم چھاتی کیوں پیٹ رہی ہو۔ ہاں! یہ تم نے اچھا کیا جو لفافے میں سے یہ کاغذ کا پُرزہ نکال لیا۔ قریب لاؤ۔ تھوڑا اور قریب ـــــ

"بہت دنوں سے محسوس ہو رہا تھا کہ قدم ڈگمگانے لگے ہیں۔ سوچا اب مر جانا چاہیئے۔ رُکمنی کا خیال رکھیئے گا ـــــ چندر مُکھی"

دجانے اتنا پانی کہاں سے لاتے یہ آبشار ـــــ رُکمنی چلی گئی۔ وہ ہلکے نیلے رنگ کے کاغذ کا پُرزہ پھڑپھڑاتا ہوا دُور چلا گیا ہے ـــــ خدا کے لئے اِس کاغذ کے پُرزے کو روک لو۔ کہیں یہ اِس ڈیوڑھی سے باہر نہ چلا جائے!!

**

برکھا سے ساری رات

باھر بہت زوروں کی بارش ہو رہی ہے۔ صبح سے ہی آسمان کچھ اُداس سا، کچھ مغموم سا نظر آ رہا ہے۔ جانے کیا بات ہے کہ جب آسمان اُداس ہوتا ہے تو میں بھی اُداس ہو جاتا ہوں۔ لگتا ہے میرے دل کے اندر آسمان کا کوئی ٹکڑا آ کے بس گیا ہے۔ اِس ٹکڑے نے جو شاید ہیرے کی ایک چھوٹی سی کنی کے برابر ہے، مجھے اجیرن کر دیا ہے۔ کئی بار میں نے اِس ہیرے کی کنی کو دل سے نکالنا چاہا مگر دل ہی زخمی ہو گیا۔ کنی بدستور موجود رہی۔ اب آسمان روتا ہے تو مجھے بھی رونا پڑتا ہے۔ اور آسمان مسکراتا ہے تو میں بھی باغ باغ ہو جاتا ہوں۔ میرا اور آسمان کا یہ رشتہ بہت پرانا ہے۔ مگر اس کے باوجود بھگوان دُور ہے۔ بہت دور ہے!

بارش کے قطرے میرے کمرے کی کھڑکیوں پر مسلسل دستک دے رہے ہیں۔ میں یہ دستک نہیں سننا چاہتا کیونکہ جب میں کھڑکی کھولوں گا، تو یہ دستک مجھے کہیں لے جائے گی۔ لیکن اب میں وہاں نہیں جانا چاہتا۔ میں بہت تھک گیا ہوں۔ انگ انگ تھکن سے چور ہے۔ رودم رودم ہانپ رہا ہے۔

مگر نہیں! میں کھڑکی کھولوں گا۔ اور پھر اِس دستک کا ہاتھ تھامے وہاں چلا

جاؤں گا۔ کیونکہ ایسا بار ہا ہوا ہے۔ بارہا میں نے اس دستک کو سُننے سے انکار کیا، مگر آخرکار مجھے جانا ہی پڑا۔ مجھ میں مزاحمت کی طاقت ہی باقی نہیں رہی ہے۔

آہ! یہ مسلسل دستک۔ مجھے جانا ہی پڑے گا۔ کھڑکی کھولنی ہی پڑے گی۔ چاروں طرف گھپ اندھیرا ہے اور اس اندھیرے میں، میں کوئی غیرمرئی ہاتھ تھامے اُس چھوٹے سے بنگلے میں جاؤں گا، جو پہاڑی کی ڈھلوان پر سرو کے پودوں سے گھرا ہوا ہے۔ دُور سے اس کی سُرخ چھت نظر آتی ہے اور لگتا ہے جیسے کسی نے لال ڈوپٹہ میدان میں سُکھانے کے لئے بچھا دیا ہو۔

اِس بنگلے کی دوسری منزل میں ایک کمرہ ہے، جس کی تمام کھڑکیاں بند ہیں۔ دروازہ مقفل ہے۔ کمرے کے اندر ایک میلی سی، باسی سی خوشبو پھیلی ہوئی ہے۔ کچھ چیزیں بے ترتیبی سے اِدھر اُدھر بکھری پڑی ہیں۔ کمرے کے وسط میں ایک کرسی کی پُشت سے ایک اسکارف لٹک رہا ہے اور لگتا ہے جیسے ابھی ابھی کوئی قاتل یہاں سے اُٹھ کے چلا گیا ہے۔

مگر یہ سب ایک سراب ہے۔ نظر کا دھوکہ ہے، کیونکہ یہ کمرہ پچھلے پندرہ سال سے کسی نے نہیں کھولا ہے۔ اس بنگلے کے باہر ایک زنگ آلودہ تالا اِس بات کی گواہی دے گا۔ اور یہ تالا خود میں نے آج سے پندرہ برس پہلے بند کیا تھا اور چابی کسی کھائی میں پھینک دی تھی۔

×××

وہ دو بہنیں تھیں۔ ایک مُنہ زور پہاڑی ندی کی طرح پتھروں کو روندتی، لپکتی جھپکتی، جھاگ اُڑاتی سی اور دوسری کھیتوں کو سیراب کرنے والی نہر کی طرح کومل، آہستہ خرام، جس کا بہاؤ گھاس کے ایک تنکے سے متاثر ہوتا ہے۔ لگتا تھا جیسے ایک کو کسی جاگیردار باپ نے پالا ہو اور دوسری کو کسی شفیق ماں نے۔

سب سے پہلے میں نے پہاڑی ندی کو دیکھا۔ اُن دنوں میں نے پہاڑی کی ڈھلوان پر بنا ہوا یہ خوبصورت بنگلہ نیا نیا خرید لیا تھا، اور گرمیوں کے دن گزارنے کے لئے یہاں چلا آیا تھا۔ اُس دن میں برآمدے میں بیٹھا نشیب میں اُگے ہوئے چیل کے درختوں کی خوبصورتی دیکھ رہا تھا کہ وہ نشیب سے گھوڑے پر بیٹھی گھوڑے کو سرپٹ دوڑاتی

اُوپر کی جانب آتی نظر آئی۔ تن پر گھوڑ سواری کا لباس، ہاتھ میں چابک اور چہرے پر خشونت لئے۔ یہ لڑکی ہے یا ہنٹر والے کی بیٹی؟ میں نے اپنے سامنے پڑے کافی کے کپ سے پوچھا۔

وہ سیدھے بنگلے کی طرف آرہی تھی۔ بنگلے کے پھاٹک سے گزر کر اُس نے گھوڑا برآمدے کے سامنے روک دیا۔

"اس بنگلے کا کیا کرایہ ہے؟" اُس نے چاروں طرف ایک طائرانہ نظر ڈال کر پوچھا۔

میں اِس اچانک سوال پر چونک اُٹھا۔

"جی؟ کرایہ؟ — یعنی" میں بوکھلا گیا — یہ میری پُرانی عادت ہے۔ میں خوبصورت لڑکیوں کو اچانک سامنے دیکھ کر بوکھلا جاتا ہوں۔

"جی کرایہ! میں پورے سیزن کا کرایہ پیشگی ادا کروں گی۔"

"آپ کو یہ جگہ شاید کافی پسند آگئی ہے۔"

"اتنی پسند نہیں کہ میں اسے خرید ہی لوں۔"

"خرید ہی لیتیں — ؟ یعنی۔"

"آپ نے سُن لیا، جو میں نے کہا ہے۔ میں ہر پسندیدہ چیز خرید لیتی ہوں۔"

"ایسا؟"

"جی ہاں ایسا — کتنا کرایہ دینا ہوگا — ؟"

"کرایہ تو بہر حال جو ہوگا سو ہوگا۔ اگر آپ کو یہ جگہ پسند ہے، تو اندر تشریف لائیے۔ میں کسی اور جگہ چلا جاؤں گا۔"

"آپ — یہاں رہتے ہیں؟"

"جی ہاں بدقسمتی سے فی الحال میں ہی یہاں رہتا ہوں۔"

"کتنا کرایہ دے رہے ہو۔"

"کرایہ تو بہت زیادہ دے رکھا ہے — مگر کوئی بات نہیں، آپ تشریف لائیے۔"

"بہت زیادہ؟ کتنا زیادہ — ؟"

"صرف ایک عدد دل ۔۔ دل دے دیا ہے اِس جگہ کے بدلے۔" میرا جواب سُنکر اُس نے ایک لمحے کے لئے اپنے ہاتھ میں سنبھالے ہوئے چابک کی طرف دیکھا۔ پھر گھوڑے کی لگام کو ایک زور کا جھٹکا دیکر اس کا رُخ پھاٹک کی طرف کر دیا پھر کاٹھی پر مُڑکر میری طرف دیکھا ۔۔ اور گھوڑے کے دو چار اچھے چابک مارے۔ گھوڑے نے ایک چھلانگ لگائی اور سرپٹ بھاگتا ہوا دُھول اُڑاتا ہوا دیکھتے ہی دیکھتے آنکھوں سے اوجھل ہو گیا۔

میرے کافی کے کپ میں دُھول کی ایک تہہ جم گئی ۔۔ اُس وقت تو بات یہاں تک ہی محدود رہی ۔۔ مگر پھر یہ دُھول میرے اندر گھُس آئی اور میں ایک دم میلا ہو گیا۔

xxxxx

اُس دن میں روز کی طرح اُس پگڈنڈی پر جا رہا تھا، جو بہت اُوپر جنگل کے بیچ میں بنی ہوئی باولی تک جا رہی ہے ۔۔ یہ پگڈنڈی مجھے پسند ہے، کیونکہ اس کے دونوں طرف گھٹنوں گھٹنوں پانی میں ڈوبے ہوئے دھان کے پودے دُور دُور تک بکھرے ہوئے ہیں۔ پگڈنڈی کے کنارے کنارے ان گنت مینڈک اُچھلتے پھُدکتے رہتے ہیں اور لگتا ہے جیسے یہ پگڈنڈی سانس لے رہی ہے۔

مجھے ہر سانس لیتی ہوئی سی شے پسند ہے۔ میں پگڈنڈی کے اِس اُتار چڑھاؤ میں مگن جا رہا تھا کہ ایک جگہ راستہ بند ہو گیا۔ کئی مینڈک پھُدک کر دھان کے کھیتوں میں کُود گئے۔ میں نے گھبرا کر دیکھا تو سامنے وہ کھڑی تھی۔ ہلکے سبز رنگ کی شلوار اور قمیض پہنے۔ بال گھٹاؤں کی طرح شانوں پر بکھرے ہوئے۔ پلکیں جھکی جھکی سی، بدن سمٹا سمٹا سا، چہرے پر شفاف چاندنی کا پرتو سا۔

چند لمحوں تک پگڈنڈی نے جیسے سانس روک لی۔

"کافی تنگ جگہ ہے" اُس نے دھیرے سے کہا۔

"جی ہاں ۔۔ یہ تو صرف ایک آدمی کے چلنے کے لئے بنائی گئی ہے۔" میں نے مسکرانے کی کوشش کرتے ہوئے کہا۔

"زندگی کی پگڈنڈی بھی تو تنگ ہی ہوتی ہے۔ مگر اُس پر دو آدمی چلتے ہیں۔"

"جی نہیں! زندگی بہت وشال شے ہے۔"

"زندگی نا! لیکن وہ راستہ جس پر زندگی چلتی ہے، بس اتنا ہی سا را تو ہوتا ہے۔"

"آپ کہتی ہیں تو پھر سچ ہی ہوگا۔"

یکایک میں مسکرایا۔ وہ بھی مسکرائی۔ پگڈنڈی پھر سانس لینے لگی۔

"ٹھہریئے! میں کھیت میں اُترتا ہوں۔ آپ کے لئے راستہ بن جائے گا۔"

"یہ کیا بات ہوئی۔ کھیتوں میں کافی پانی ہے۔ آپ کے جوتے اور آپ کی پینٹ خراب ہو جائے گی۔"

"تو پھر آپ اُتریں گی کھیت میں؟"

"جی نہیں! تھوڑا سا آپ سمٹ جائیے، تھوڑا سا میں سمٹ جاؤں گی۔ دونوں نکل چلیں گے۔"

مگر سمٹتے سمٹتے میں اپنا توازن کھو بیٹھا اور پانی بھرے کھیت میں گر گیا۔

جب وہ خوب جی بھر کے ہنس چکی اور میں بھی اپنا حلیہ بگاڑ کر کھیت سے دوبارہ پگڈنڈی پر آ گیا۔ تو اُس نے اچانک پوچھا۔

"آپ کی شادی ہوئی ہے کیا؟"

"جی نہیں!" میں کپڑوں سے پانی نچوڑتے ہوئے بولا۔

"جبھی تو۔"

"کیا جبھی تو۔؟" پانی میں گرنے سے میری ساری جھجک گویا دُھل گئی۔

"پانی میں گر گئے۔"

"پانی میں گرنے کا اور میرے شادی شدہ ہونے کا کیا تعلق ہے؟"

"اس بات کا جواب زندگی دے گی۔ جو بقول آپ کے وشال ہے، اور جو بقول میرے ایک تنگ سی پگڈنڈی پر چلتی ہے۔"

اور مجھے لفظوں کے اِس گورکھ دھندے میں پھنسا کر وہ چلی گئی۔

میں دیر تک کھڑا اُس کو جاتے ہوئے دیکھتا رہا، حتیٰ کہ دُور جا کر وہ آسمان کے اوپر ایک چھوٹا سا نکتہ بن کر رہ گئی۔

باہر بارش ٹوٹ کر برس رہی تھی۔ میں کمرے میں آتشدان کے قریب بیٹھا ٹھٹھر رہا تھا۔ گیلی لکڑیاں سلگنے کا نام نہیں لے رہی تھیں۔ چوکیدار نیچے بازار سے کچھ سامان لینے چلا گیا تھا۔ اور برآمدے میں راکی ایک کرسی کے نیچے دُبک کر بیٹھا تھا۔ اچانک وہ کرسی کے نیچے سے نکل آیا اور دروازے کے پاس کھڑا ہو کر غور سے کچھ سُننے لگا۔

"راکی"۔ میں نے اُسے آواز دی۔

"ہَپ"۔ جواب میں وہ ایک بار بھونکا۔

"مت ڈرو ہوگا۔ اِدھر آؤ"۔

"ہَپ"۔ وہ دوبارہ بھونکا، جیسے کہہ رہا ہو میرے کام میں مداخلت مت کرو۔

باہر کا پھاٹک چرچرانے کی ہلکی سی صدا آئی اور پھر راکی باقاعدہ گلا پھاڑ پھاڑ کر بھونکنے لگا۔ میں با دلِ ناخواستہ کرسی سے اُٹھا اور دروازے کے قریب راکی کے پاس کھڑا ہو گیا۔

اتنے میں بارش میں بھیگی ہوئی دو لڑکیاں برآمدے میں آگئیں۔ ایک تو وہ منڈ والے کی بیٹی اور دوسری — آہ! اِس دوسری لڑکی کی بات ہی اور تھی۔ لگتا تھا جیسے قدرت نے اُسے بارش میں بھیگنے کے لئے ہی بنایا ہو۔ محبت کی بارش میں۔

اچانک میرے دل میں گھنگھور گھٹا چھا گئی — ایسا لگا جیسے ابھی جل تھل ہو گا —

"آپ — ؟" میں نے بیک وقت دونوں سے پوچھا۔ منڈ والی لڑکی نے کوئی جواب نہیں دیا۔ بلکہ میرے قریب سے گزر کر کمرے میں چلی گئی۔ اُس دوسری لڑکی نے ایک لمحے کے لئے میری طرف دیکھا۔

"یہ میری کا دبیدی ہیں"۔

یہ کہہ کر وہ بھی میرے قریب سے گزر کر کمرے میں چلی گئی۔ میں اور رالی ایک دوسرے کی طرف دیکھنے لگے ــــ کچھ کچھ میں بھی حیران تھا۔ اور کچھ کچھ وہ بھی پریشان تھا۔

"آدمی کہاں جانور ہے۔"

"دیدی پلیز۔"

"جس آدمی کو آگ جلانا نہ آئے وہ اور کیا ہوتا ہے۔"

"دیدی وہ سُن رہے ہیں۔"

"سُن رہا ہے تو کوئی پھانسی دے گا کیا؟"

کمرے میں جو باتیں ہو رہی تھیں، اُن کو سُن کر میری ہمت جواب دے گئی۔ اور میں برآمدے میں کرسی پر گویا ڈھیر ہو گیا۔

بارش کی پھواریں برآمدے کے اندر آ کر مجھے پریشان کرتی رہیں اور بے چارہ رالی کرسی کے نیچے گھس کر کپکپاتا رہا۔

کئی بار میں نے سوچا کہ اُٹھ کر کمرے میں چلا جاؤں گا اور ان دونوں بہنوں کو بالوں سے پکڑ کر باہر پھینک دوں گا ــــ دونوں بہنوں کو؟ نہیں نہیں! صرف ایک بہن کو ــــ ہنٹر والی لڑکی کو ــــ دوسری لڑکی کے لئے تو ابھی میں نے مینہ برسانا تھا۔ اور اس کے تن من کو دھو ڈالنا تھا۔

"آپ کے ہاں کافی ہو گی ــــ؟" ہنٹر والی کی بہن نے برآمدے میں آ کر پوچھا۔

"آپ کا نام کیا ہے؟"

"میرا نام رکھشا ہے ــــ اور میری دیدی کا ریکھا ــــ آپ کے ہاں کافی ہے یا نہیں۔"

"ہو گی صاحب، ضرور ہو گی ــــ مگر وہ سرّو۔ نہ جانے کہاں مر گیا کمبخت۔ ان چیزوں کی خبر اُسے ہی رہتی ہے۔"

"پھر میں کچن میں جا کر دیکھ لوں؟"

"جی ہاں۔ جی ہاں ضرور دیکھئے ــــ میں بھی چلتا۔ مگر وہ ــــ آپ کی دیدی سے

ڈر لگتا ہے۔"

"ارے !!

وہ کھلکھلا کر ہنس پڑی۔ کرسی کے نیچے راکی غرّایا۔ جیسے کہہ رہا ہو جاؤ کافی پیو اور دفع ہو جاؤ۔ ایک بار پھر مجھے اپنے آپ پر غصہ آیا۔ آخر یہ کیا بات ہوئی کہ میں یہاں بارش میں بھیگتا رہوں، سردی سے کپکپاتا رہوں اور وہ ہنٹر والی لڑکی میرے گھر کو کھنگالتی رہے۔ جیسے اس کے باپ کی جاگیر ہو۔ میں غصہ پی گیا۔ کیونکہ سردار باہر تھا اور رکھشا اندر تھی۔

"کافی پیجئے گا۔ ؟"

"آپ پی لیجئے ——— سردار اب آتا ہی ہوگا۔"

"ہم تو پی بھی چکے۔ یہ آپ کے لئے لائی ہوں۔"

رکھشا نے مجھے کافی کا کپ تھما دیا۔ میں نے اُس کا ہاتھ، پلیٹ اور اُس پر دھرا ہوا کپ، تینوں چیزیں اپنے دونوں ہاتھوں سے پکڑ لیں ——— اور پھر میں گویا بیہوش ہو گیا۔

"رکھشا۔"

"جی! کہیئے۔"

"آپ کی دیدی کے سامنے میں شاید یہ چمن دیکھا پار نہیں کر سکوں گا۔"

"آپ کہنا کیا چاہتے ہیں۔ میرا ہاتھ تو چھوڑ دیجئے۔"

"کیسے چھوڑ دوں گا ——— اس ہاتھ کی ہی تو کہانی ہے۔"

"کیا کہنا چاہتے ہیں آپ ؟"

"میں جو کچھ کہنا چاہتا ہوں، وہ ابھی ختم نہیں ہو سکتا، اس کے لئے پوری زندگی چاہیئے۔"

"اُف ! جانے آپ کیا کہہ رہے ہیں۔ دیدی اندر کیا سوچ رہی ہوں گی۔"

"دیدی کچھ نہیں سوچ سکتیں ——— کیونکہ انھوں نے شاید کبھی پیار نہیں کیا ہے۔"

پھر جانے کیا ہوا۔ ایک ساتھ کئی چیزیں ہوگئیں۔ چھناکے سے کافی کا کپ فرش پر گر کر ٹوٹ گیا۔ راکی لپک کر کرسی کے نیچے سے باہر چلا آیا اور بھونکنے لگا۔ ہنڑ والی لڑکی نے برآمدے میں آکر دروازہ زور سے بند کیا۔

"چلو رکھشا۔ یہ تو کوئی بدمعاش لگتا ہے۔"

باہر کا پھاٹک زور سے چرچرایا۔۔۔ اور سرور ہاتھ میں لالٹین لئے، بارش میں بھیگتا ہوا اندر داخل ہو گیا۔

"یہ کون لڑکیاں تھیں صاحب؟"

"لڑکیاں؟ ارے ہاں! تھوڑا سا آگ مانگنے آئی تھیں۔"

"ہُنھ! جیسے اُن کے باپ کا گھر تھا۔ پہلے آگ مانگنے آتی ہیں۔ پھر گھر کی مالکن بن بیٹھتی ہیں۔"

صرف راکی تھا، جسے میری بے قراری کا علم تھا۔ سرور ٹھہرا پٹھان کا بچہ۔ اُسے صرف دو چیزوں کی فکر رہتی تھی۔۔۔ ایک اپنے دو نالی والے بندوق کی اور ایک جنگل میں بولنے والے چکوروں کی۔ کیا مجال کہ رات کے دو بجے کوئی چکور غلطی سے بولے اور سرور اپنی بندوق لے کر جنگل کی طرف نہ لپکے۔۔۔ اور ان دنوں چکور دن رات بولتے رہتے تھے۔ اور سرور اور اُس کی بندوق گھر سے باہر ہی رہتی تھی۔

لگتا تھا سارا سیزن ہی بارش نے ٹھیکے پر لے رکھا ہے۔ کبھی گھنٹہ بھر دھوپ نکل آتی بھی تھی شرمائی شرمائی سی۔ اُس دن ایسی ہی شرمائی شرمائی سی دھوپ نکلی تھی۔ میں اور راکی حسبِ معمول پگڈنڈی کے راستے باؤلی کی طرف جا رہے تھے۔ سامنے رکھشا نظر آئی۔

"ہیلو!"۔۔۔ میرا دل دھک دھک بجنے لگا۔

"ہائی۔" اُس نے چہک کر کہا اور جھک کر راکی کو سہلانے لگی۔

"میں سوچ رہی تھی کہ آپ سخت ناراض ہوں گے۔" اُس نے جھجکتے ہوئے ہی کہا۔

"ناراض؟ نہیں تو۔ کیوں بھلا؟"

"دہدی نے آپ کو نہ جانے کیا کیا کہہ دیا تھا؟"

"کہا تھا میں بدمعاش ہوں۔ ٹھیک ہی تو کہا تھا۔ مجھے آپ کا ہاتھ پکڑنے کا کوئی حق نہ تھا۔"

"ہاتھ پکڑنے میں کیا ہے؟"

"بہت کچھ ہے رکھشا۔ ہاتھ پکڑنے کا مطلب ہے کہ میں ساری عمر آپکا ہاتھ پکڑے رکھوں۔"

"تب بھی کیا ہے۔ یا شاید آپ نے خیال چھوڑ دیا؟"

پھر نہ جانے کیا ہوا۔ میں نے دھکیل کر راکی کو کھیتوں کے پانی میں پھینک دیا اور رکھشا کا ہاتھ پکڑ کر وہیں پگڈنڈی پر بیٹھ گیا۔ پھر میرے دل میں چھائی ہوئی وہ گھٹا کھل کر برسی اور ہم دونوں کے تن من دھلا گئی۔ راکی بھیگا بھیگا سا دور پگڈنڈی پر پھدکتے ہوئے مینڈکوں کے ساتھ کھیلتا رہا اور کبھی کبھی چور نگاہوں سے مجھے دیکھتا رہا۔ جیسے کہہ رہا ہو:

موج اڑاؤ شہزادے! اب تو تمہیں میری ضرورت نہ رہی۔

کھیتوں کے آس پاس اندھیرے کے حریری پردے منڈلانے لگے تھے۔ دور گوجروں کے کٹھاروں سے دھوئیں کے لچھے آسمان کی طرف لپکنے لگے تھے۔ مگر ہمیں وقت اور اس کی رفتار کا کوئی اندازہ نہیں تھا۔ اچانک راکی دھیرے سے غرّایا۔ ہم دونوں نے چونک کر دیکھا۔ سامنے ریکھا کھڑی تھی۔ اُس نے ہم دونوں کی طرف باری باری دیکھا۔ ہماری آنکھوں میں اُسے جانے کون سا پیغام نظر آیا۔ اُس نے جلدی سے اپنی نظریں پھیر لیں اور بغیر کچھ کہے چلی گئی۔ ہم دونوں اُسے جاتے ہوئے دیکھتے رہے۔ حتیٰ کہ وہ اندھیرے کے پردوں میں چھپ گئی۔

اُس سیزن کا وہ شاید سب سے زیادہ منحوس دن تھا۔ صبح سے ہی آسمان کالے

بادلوں سے ڈھکا ہوا تھا۔ ایک عجیب طرح کی بےچینی فضا میں پھیلی ہوئی تھی۔ جنگل میں چکور زور زور سے بول رہے تھے۔ اس لئے سرتّ بھی اپنی بندوق لے کر غائب تھا۔ میں اور راکی کمرے کے اندر آتش دان کے پاس دُبکے سے بیٹھے تھے۔ کمرے کا دروازہ کھُلا تھا۔ اور روشنی بھیگے ہوئے برآمدے کے ایک حصّے کو ننگا کر رہی تھی۔ یہ وہ دن تھا جب چار ہی بجے شام ہو گئی تھی۔

باہر کا پھاٹک مسلسل چرچرا رہا تھا۔ شاید ہوا کے کسی جھکڑ سے کھُل گیا ہو۔ راکی رہ رہ کر ٹھہر ٹھہر کر غرّا رہا تھا۔ اتنے میں ریکھا ہانپتی کانپتی برآمدے میں آ گئی۔ راکی ایک بار بھونکا ۔۔۔ اور پھر وہ بدحواسی کے عالم میں اندر آ گئی۔ اس کے سارے جسم سے پانی بہہ رہا تھا۔ بال سارے چہرے پر بکھرے ہوئے تھے۔ سانس پھولی ہوئی تھی۔

"جلدی چلئے۔ غضب ہو گیا۔"

"کیا ہوا؟" میں ایک دم کھڑا ہو گیا۔

"رکھشا اُوپر کے موڑ سے پھسل گئی اور ۔۔۔ اور نیچے کھڈ میں جا گری۔"

"رکھشا!" ۔۔۔ میں زور سے چیخا اور ٹارچ ہاتھ میں لے کر سرپٹ سڑک کی طرف بھاگا ۔۔۔ بدحواسی کے عالم میں گرتا پھسلتا میں موڑ تک آ گیا۔ میں نے حلق پھاڑ پھاڑ کر رکھشا کو پُکارا ۔۔۔ مگر آس پاس صرف ہوا کا شور سُنائی دیا۔ اتنے میں راکی کہیں نیچے سے بھونکا۔ میں آواز کی طرف لپکا ۔۔۔ اور پھر ہوا میں معلق ہو گیا۔ چیل کی شاخوں نے میرے کپڑے تار تار کئے ۔۔۔ دُور اوپر سے ریکھا کی آواز آ رہی تھی ۔۔۔ وہ اپنی بہن کو پکار رہی تھی۔

راکی نے اپنی تھوتھنی سے میری ننگی ٹانگ کو چھو لیا ۔۔۔ میں نے جھُک کر دیکھا ۔۔۔ سامنے رکھشا پڑی تھی ۔۔۔ اس کے جسم کے ہر حصّے سے خون بہہ رہا تھا۔ کپڑے گیلے اور تار تار تھے۔ میں نے جھُک کر اس کا سر اپنی گود میں رکھا۔

"رکھشا۔"

"رکھشا۔"

اُس نے ایک بار آنکھیں کھولیں ۔۔ ایک بار مجھے بھر پور نظروں سے دیکھا۔ اور پھر آنکھیں بند کر لیں۔

بہت سے بھیانک رات تھی وہ ۔۔ میں رکھشا کو شعلوں کے سپرد کر کے آگیا تھا۔ کمرے میں صرف وہ اسکارف رہ گیا تھا جسے ریکھا نے دن کو جلدی میں شاید گرا دیا تھا۔ میں نے اسکارف کو اُٹھا کر کرسی کی پُشت پر ڈال دیا۔ اتنے میں سرور ہاتھ میں دو چکور لئے کمرے میں آگیا۔

"سُنا صاحب! خون ہو گیا"

"ہاں اُسے جلا کر ابھی آرہا ہوں"

"وہ چڑیل کہاں گئی؟"

"کون ریکھا؟"

"جانے کیا نام ہے صاحب! وہ ہنٹر والی چڑیل ۔ خدا کی قسم میں نے اُس پر دو فائر بھی کئے ۔۔ مگر بچ گئی"

"کس پر فائر کئے سرور؟"

"اُسی چڑیل پر صاحب۔ میں سارا دن جنگل میں اِن کمبخت چکوروں کے پیچھے پیچھے بھاگ رہا تھا۔ کوئی چار بجے کے قریب، جب وہ اندھیرا سا چھا گیا نا ۔۔ اُسی وقت مجھے وہ دونوں نظر آئیں۔ وہ بہت نیچے سڑک پر جا رہی تھیں ۔۔ جب بڑے موڑ کے پاس پہنچیں ۔۔ تو وہ دوسری لڑکی پیراپٹ پر جھک کر نیچے جھانکنے لگی ۔۔ اور ایسے میں اُس چڑیل نے اُسے دھکا دیکر نیچے کھائی میں گرا دیا ۔۔ میں نے دو فائر کئے"

ایک دم میں کھڑا ہو گیا۔

"کیا کہہ رہے ہو سرور ۔۔؟" میں پاگل سا ہو گیا۔

"ٹھیک کہہ رہا ہوں صاحب۔ میں نے تھانے میں رپٹ درج کرادی ہے"

میں نے مزید کچھ نہیں سُنا ۔۔ جلدی سے برساتی کندھے پر ڈال دی اور بنگلے سے

باہر آ گیا۔ سرور اور لڑکی بھی میرے ساتھ باہر آ گئے۔ پھر میں نے دروازہ بند کیا۔ اور دروازے میں تالا ڈال کے چابی جیب میں رکھی۔ اُس رات جب لڑکی اور میں اُس غضبناک بارش میں بھیگتے ہوئے سڑک کے موڑ پر پہنچے تو ہم دونوں خود بخود رُک گئے میں نے نیچے کھڈ میں دیکھا۔ مگر وہاں فقط اندھیرا تھا۔ پھر اندھیرا دھیرے دھیرے میرے من میں گھس گیا۔ میں نے جیب سے چابی نکال کر اس کھڈ میں پھینک دی۔ اور پھر لڑکی کو گود میں لے کر زار زار رونے لگا۔

●●●

مداوا

بڑی بھیانک رات ہے۔ ہوا ساکت، نگاہ پتھرائی ہوئی، دماغ ماؤف۔ شہ رگ پر خنجر کی تیز دھار۔

ارتقاء کی تاریخ میں ایسی راتیں بہت کم گزری ہیں۔

سامنے کے مکان میں بجلی کا بلب کب سے جل رہا ہے۔ میری آنکھیں اِس بلب کی طرف مسلسل دیکھتے رہنے سے پتھرا گئی ہیں۔ نگاہ کسی تیز نوک والی سوئی کی طرح بجلی کے بلب میں سوراخ کرنے کی کوشش کر رہی ہے۔ نگاہ کا دیوانہ پن۔

چوہے مکانوں سے نکل کر نیم اندھیری گلیوں میں بھاگ رہے ہیں۔

"اے کھڑے بابو۔۔۔ دیکھ رہے ہو؟"

"دیکھ رہا ہوں چھپاکلی۔۔۔!"

"یہ کیا ہو رہا ہے کھڑے بابو؟"

"شاید کوئی جہاز ڈوبنے والا ہے"

چھپاکلی کو میری اس بات پر ہنسی آ رہی ہے۔ وہ ایک پھیکا سا قہقہہ مار کر میرے

سامنے فرش پر آلتی پالتی مار کر بیٹھ گئی۔

میں دوبارہ سامنے کے مکان میں بجلی کے بلب کو دیکھ رہا ہوں۔

کمرے میں صندوق پر بیٹھے بیٹھے سنتری نے سگریٹ نکال کر سلگا دیا ہے۔ چند لمحے پہلے کمرے میں بہت چہل پہل تھی۔ پولیس کے کرمچاری، ڈاکٹر، اخباروں کے رپورٹر۔ اب تو صرف سنتری کے سگریٹ کا دھواں ہے۔۔۔ اور وہ بجلی کا بلب۔ ارے! بھائی اس بلب کو بند کر دو یہ کھڑکی۔ گرا دو پردہ انسانی زندگی کے چہرے پر۔ راکھ کریدو گے تو چنگاریاں اُڑ اُڑ کر چاروں طرف پھیل جائیں گی۔ مگر میری بات کون سنے گا۔ کسی کی بات کوئی نہیں سنتا۔

مکان کے نچلے حصے سے سسکیاں لینے کی آواز آ رہی ہے۔ چند لمحے پہلے تو رونے اور بین کرنے کی آوازیں آ رہی تھیں۔ پھر یہ آوازیں دھیرے دھیرے مدھم پڑتی گئیں۔ مدھم پڑتی گئیں۔۔۔ اور اب صرف سسکیاں لینے کی آواز آ رہی ہے۔

کیوں روتی ہو رادھا؟ تیری تو ساری عمر روتے ہی گزر گئی۔۔۔ اب جو یہ لمحہ تیری زندگی میں آیا ہے۔۔۔ اس لمحے کے معنی سمجھنے کی کوشش کر۔۔۔ مگر میری اس بات کے اندر کھوکھلا پن ہے۔۔۔ میری اس بات کی کوئی اہمیت نہیں۔ اہمیت صرف اُس بجلی کے بلب کی ہے اور اُس سنتری کے سگریٹ کے دھوئیں کی ہے۔ کیونکہ یہی دو چیزیں حقیقی ہیں۔۔۔ باقی سب سراب ہے۔۔۔ کوئی چیز سچی نہیں۔ نہ ننھے سے بچے کی خوبصورت سی ہنسی اور نہ انسانی چہرے کا ظاہری وقار۔

"بچے بھوکے ہوں گے کھرے بابو۔" چمپا کلی نے سرگوشی میں کہا۔

"بچے کب بھوکے نہیں تھے چمپا کلی۔"

اچانک وہ کچھ سمجھ گئی۔ اور پھر اُس کی آنکھوں سے آنسو چپ چاپ بہنے لگے۔

بہنے دے ان آنسوؤں کو چمپا کلی۔ دل کا میل دُھل جاتا ہے۔ بے بسی کو برداشت کرنے کے لئے بھگوان نے یہ بہت ہی خوبصورت چیز انسان کو دے ڈالی ہے۔ آنسو۔ اگر آنسو نہیں ہوتے تو کوئی کیسے جی لیتا؟

"اب رادھا کا کیا ہوگا گھڑے بابو۔ سشما اور دمینتی کا کیا ہوگا؟"

یہ صرف تمہارا سوال نہیں ہے چمپا کلی۔ یہ جو محلے کے سارے مرد اور عورتیں اپنے اپنے کمروں میں بجلی جلائے بیٹھے ہیں۔ یہ سب بھی ایک دوسرے سے یہی سوال کر رہے ہیں۔ اصل میں یہ سوال ہی موجودہ کرائسس کی بنیاد ہے۔ تم یہ سوال نہ پوچھو تو اچھا ہے۔ جاؤ۔ اٹھاؤ اپنا بھاری بھرکم پریس اور شروع کرو اپنا دھندا۔

تمہارے اِس پریس کی وجہ سے کل لوگ کرکراتی ہوئی قمیضیں اور سرسراتی ہوئی ساڑھیاں پہن کر کام پر جا سکیں گے۔

مگر چمپا کلی بدستور رو رہی ہے۔ ہے نا آخر عورت ذات۔ مرد شادی کے نو سال بعد مر گیا ہے۔ تین لڑکیاں اپنی نشانی کے طور پر چھوڑ کے۔ کیا اچھی نشانیاں چھوڑ گیا ہے۔ اور اب تینوں جوان ہو گئی ہیں۔ لوگوں کے کپڑے پریس کرتے کرتے خود بھی ایک پریس کئے ہوتے سرہانے کی مانند ہو گئی ہے۔ مگر مرد کی چھوڑی ہوئی نشانیاں سنبھالنا بھی تو ایک فرض ہے۔ پچیس سال سے چمپا کلی اس فرض کو نبھا رہی ہے۔ اور پچیس سال سے ہی انسانی زندگی پھانسی کے تختے پر لٹک رہی ہے۔

یہ جو خنجر کی تیز دھار شہ رگ پر رکھی ہے کسی نے۔ وہ اس کو دباتا کیوں نہیں؟ مگر چمپا کلی بدستور رو رہی ہے؟

باہر برآمدے میں بلی نے چوہے کو پکڑ لیا ہے۔ اور اب اس کے ساتھ کھیل رہی ہے۔ چوہا جانتا ہے کہ بلی اُسے نگل لے گی۔ مگر وہ اس کھیل سے خوش ہو رہا ہے۔ واتے! یہ خود فریبی کتنی بڑی مجبوری ہے۔ سب اپنے آپ کو فریب دینے پر مجبور ہیں۔ اس کھیل میں ایک لطف محسوس کرتے ہیں۔

"آخر بینی بابو نے آتم ہتیا کیوں کی گھڑے بابو۔۔۔؟"

آتم ہتیا؟ ارے ہاں!۔ ہم لوگ باتوں کو کتنی جلدی بھول جاتے ہیں۔ میں نے پھر سامنے کے مکان کی طرف دیکھا۔ وہ رسی کا ٹکڑا اب بھی چھت سے لٹک رہا ہے۔ تھوڑی دیر پہلے بینی بابو کی لاش بھی لٹک رہی تھی۔ مگر بعد میں پولیس کرمچاریوں نے

لاش کو اُتار دیا۔ پولیس کے ڈاکٹر نے نبض دیکھی۔ آنکھوں کی پتلیاں دیکھیں۔ دل کی دھڑکن کو ٹٹول ٹٹول کے تلاش کیا۔

کیا دیکھ رہے ہو ڈاکٹر بابو! یہ آدمی تو برسوں پہلے مرگیا تھا۔ چمپا کلی پھر رونے لگی ہے۔

"بہت شریف آدمی تھا گھڑے بابو۔ مجھے کہتا تھا، چمپا کلی! تم رتی بھر فکر نہ کرو۔ تیری لڑکیوں کے لئے ور میں خود تلاش کروں گا"

اسی لئے تو آتم ہتیا کرلی چمپا کلی۔ آتم ہتیا نہیں کرتا تو تمہاری لڑکیوں کو اغوا کرتا۔ کیونکہ آج کا نظام یہی کہتا ہے۔ دُنیا خون کی پیاسی ہوگئی ہے۔ ہر آدمی دوسرے آدمی کا خون پیتا ہے۔ اور جو نہیں پی سکتا، وہ آتم ہتیا کرلیتا ہے۔ دوسرا کوئی راستہ نہیں ہے۔ ـــ اور اگر ہے بھی تو اُسے کسی نہ کسی نیتا نے یا ساہوکار نے یا مکان مالک نے، یا سرکاری افسر نے یا عدالت کے چپراسی نے یا اخبار کے ایڈیٹر نے یا مذہبی پیشوا نے یا سماجی کارکن نے یا خود اپنے ضمیر نے روک رکھا ہے۔

"ہائے! گھڑے بابو ـــ اب میری لڑکیوں کا کیا ہوگا۔ بڑی تو اب تیس کے پیٹے میں آگئی ہے"

نکلی نا آخر عورت ہی ـــ تو تم مینی بابو کی زندگی کے لئے نہیں اپنی کنواری تیس سالہ لڑکی کے لئے رو رہی ہو ـــ ؟ مگر تمہارا کوئی قصور نہیں۔ مینی بابو نے بھی صرف اپنے آپ کو مصیبتوں سے بچانے کے لئے رسی کا پھندہ تیار کرلیا تھا ـــ یہ نہیں سوچا کہ رادھا کا کیا ہوگا۔ اور رشما اور دینتی کا کیا ہوگا ـــ آدمی جیتا بھی اپنے لئے ہے اور مرتا بھی اپنے لئے ہی ہے۔ کوئی رشتہ، کوئی ممتا، کوئی پیار، کوئی جذبہ، کوئی غم، کوئی خوشی اِس دنیا کی چیز ہی نہیں ہے ـــ

اس لئے افیون کی گولی، بھنگ کا دُھواں ـــ اور خود فراموشی۔ بھول جاؤ! بھول جاؤ کہ تم انسان ہو، زندہ ہو، دیکھتے ہو۔ بھول جاؤ! کہ تم باپ ہو، بھائی ہو، دوست ہو۔ بھول جاؤ! کہ تم دُکھی ہو، خوش ہو، ناراض ہو۔

"ایک پھانک سی دل میں پڑی ہے کھڑے بابو — ایک انگارہ سا چھاتی پر دہک رہا ہے — ایک خنجر سا پہلو میں دھرا ہے۔"

اس لئے ناکہ تم ایک غریب بڑھیا ہو — دن بھر لوگوں کے کپڑے پریس کرتی ہو — اور تمہاری سب سے بڑی کنواری لڑکی کی عمر تیس برس ہے؟

یہ پھانک تو میرے دل میں بھی ہے، کیونکہ میں اپنے بچے کے لئے ایک گرم پینٹ نہیں نبوا سکتا۔

یہ انگارہ تو اُس اسکول ماسٹر کی چھاتی پر بھی دہک رہا ہے، کیونکہ وہ اپنی بیوی کے لئے ایک پیٹی کوٹ نہیں سلوا سکتا۔

یہ خنجر تو اُس مزدور کے پہلو میں بھی دھرا ہے، کیونکہ وہ اپنے بچے کے لئے آٹھ آنے کا گُڈا نہیں لا سکتا۔

اُف! یہ سامنے کے مکان میں جلتا ہوا بجلی کا بلب — اس بلب نے تو میرے سینے میں آگ لگا دی ہے۔ سنتری صندوق پر بیٹھے بیٹھے اُونگھنے لگا ہے۔ ابھی جب سارے لوگ اپنے اپنے دُکھ بیان کرتے کرتے تھک ہار جائیں گے تو بینی بابو کی رُوح اپنے کمرے میں آئے گی — ایک ایک چیز کو ٹٹولے گی — ایک ایک کونے میں جھانکے گی — وہ میز پر اس کی عینک پڑی ہوئی ہے۔ وہ دروازے کے پاس اس کی چھڑی رکھی ہے۔ وہ کھونٹی پر اس کا کُرتہ لٹک رہا ہے۔ پھر بینی بابو کی رُوح اِن چیزوں کو چھُونا چاہے گی ——— مگر چھو نہ سکے گی۔

آدمی مرنے کے بعد بھی اتنا ہی بے بس ہوتا ہے، جتنا مرنے سے پہلے —

"ارے! کھڑے بابو تم رو رہے ہو؟"

میں ڈبڈبائی آنکھوں سے چمپا کلی کی طرف دیکھنے لگا ہوں۔ بوڑھی کھوسٹ! سمجھتی ہے کہ میں رو بھی نہیں سکتا۔

"ہاں چمپا کلی! آج رونا ہی پڑا ہے۔"

چمپا کلی حیرت سے میرے چہرے کی طرف دیکھنے لگی ہے — جانے اُسے کچھ نظر آ رہا ہے

یا نہیں ۔ وقت کی چیرہ دستی نے تو ہر شے کا چہرہ مسخ کر دیا ہے۔ چمپا کلی کو میرا چہرہ کہاں نظر آئے گا۔ وقت کی سیاہی نے ہر شے پر کالک تھوپ دی ہے ۔ زندگی کے کانٹے ہر زبان میں چُبھ گئے ہیں ۔ سرِ شام ہی عورتیں سوالیہ نشان پیشانی پر چپکائے گلی کوچوں کے پھیرے کرتی ہیں ۔ دن دہاڑے روشن پیشانیوں والے بچے شاہراہوں پر بھیک مانگنے نکل جاتے ہیں —

مُنہ اندھیرے ایمان والے لوگ بے ایمانی کا دھندہ کرنے گلیوں میں مارے مارے پھرنے لگتے ہیں۔

بھوک کے بھوت تمام کونوں کھدروں میں گھس آتے ہیں، اور ایمان اور نیکی، شرافت اور انسانیت، عصمت اور حیا کا سودا کر کے چلے جاتے ہیں۔

یہ کیا ہو رہا ہے میرے معبود! یہ کیسا گرہن لگ گیا ہے۔ کہ لوگوں کے اُجلے تن میلے چیتھڑوں سے بھی محروم ہو گئے ہیں — نادان بُڑھیا! سمجھتی ہے میں رو بھی نہیں سکتا۔

"پہلے لوگ اُمید کے سہارے جی لیتے تھے کھڑے بابو!

اب کوئی کیسے جئے ؟"

اب بھی لوگ جی لیتے ہیں چمپا کلی — اپنی بیٹی کا بازار سجا کر — اب بھی لوگ جی لیتے ہیں نادان عورت! اپنے بھائی کے سینے میں برچھی اُتار کر۔

اب بھی لوگ جی لیتے ہیں میری بھولی ماں! اپنے لختِ جگر کو ڈیڑھ کلو چاول کے بدلے بیچ کر۔

اب تم اُٹھ کے چلی جاؤ چمپا کلی! تیری طرف دیکھ کر تو میرے تن بدن میں آگ لگ جاتی ہے۔ میرا جی چاہتا ہے کہ میں اُٹھ کر تمہارے اِس دُکھی سے، مجبور سے، بے چارے سے چہرے پر خون کی قے کر دوں۔

"کھڑے بابو! کھڑے بابو!! یہ تمہیں کیا ہو گیا — تمہارا چہرہ اتنا بھیانک کیوں ہو گیا — یہ تمہاری آنکھوں میں خون کیوں اُتر آیا ہے — اے کھڑے بابو" چمپا کلی ہذیانی کیفیت میں ہاتھ ملنے لگی — اُس نے کمرے میں چاروں طرف کسی کو تلاش کرنا شروع کیا۔

پھر ایک چیخ مار کر کمرے سے باہر نکل گئی۔

میں نے سامنے والے مکان کی طرف دیکھا۔ وہ بجلی کا بلب کسی نے بجھا دیا ہے بنتری کھڑکی کے پاس کھڑا آس پاس کا جائزہ لے رہا ہے۔ اوہ! یہ تو صبح ہونے لگی ہے۔ ایک اور رات کا خاتمہ ہو گیا ہے۔ مجھے تو اب ہر رات سے ڈر لگنے لگا ہے۔ دن کو کیا کم اندھیرے ہوتے ہیں، جو رات اپنی سوغات لے کر سر پر سوار ہو جاتی ہے۔

میرا جوڑ جوڑ دکھ رہا ہے۔ انگ انگ میں جیسے کسی نے افیون کے ٹیکے لگا دیئے ہیں۔ پلکوں پر جیسے کسی نے دہکتے انگارے رکھ دیئے ہیں۔۔۔ میں سو جانا چاہتا ہوں۔ سو جانا چاہتا ہوں۔۔۔ سو جانا چاہتا ہوں۔۔۔ ٹھہرئیے! پہلے دروازہ تو بند کر دوں۔ آجکل لوگ خواب چرانے کے عادی ہو گئے ہیں۔۔۔ اور مجھے اپنے خواب بہت پیارے ہیں۔ بہت خوبصورت خواب دیکھتا ہوں میں۔۔۔ دھلی دھلائی کلف لگی ہوئی قمیض کی طرح۔۔۔ نیلے پانی کی سطح پر تیرتی ہوئی بطخوں کی قطار کی طرح۔۔۔ پیٹ بھر کر کھانا ملنے کے اطمینان کی طرح۔۔۔ پہاڑ کی ڈھلوان پر گونجتی ہوئی بانسری کی گونج کی طرح۔ خدا کے لئے میرے خواب مت چراؤ۔۔۔ میرا جسم اور میری روح اور میری بینائی اور میری حِس اور میری مردانگی تو تم پہلے ہی لوٹ گئے ہو۔۔۔ خدا کے لئے میری طرف مت بڑھو۔۔۔ کہیں ایسا نہ ہو کہ میری بے بسی تمہیں روک نہ سکے اور۔۔۔

"کھڑے بابو! اے کھڑے بابو"

کوئی دروازہ زور زور سے پیٹ رہا ہے۔۔۔ ایک ٹِک سونے بھی نہیں دیتے۔

"کھڑے بابو۔۔۔ جلدی آؤ۔۔۔ چمپا کلی"

یک لخت میں نے چادر پرے پھینک دی اور آنکھیں ملتا ہوا لپک کر دروازے تک پہنچ گیا۔

"کیا ہوا چمپا کلی کو۔۔۔؟" میں نے خود ہی اپنی آواز کا اجنبی پن محسوس کیا اور جواب کا اِنتظار کئے بغیر ہی چمپا کلی کے دفتر پر جا

پہنچا۔

صبح کی مٹمٹی روشنی میں کئی آدمیوں کے سائے نظر آئے ۔ میں آدمیوں کی بھیڑ کو چیر کے چمپا کلی کے جھونپڑے میں گھس گیا ۔ سامنے چمپا کلی بانس کی تیلیوں کی دیوار کے ساتھ بیٹھی تھی ۔ اور ٹکر ٹکر دروازے کی طرف دیکھ رہی تھی۔

"چمپا کلی"۔ میں نے تھرتھراتی آواز میں کہا۔

"آؤ کھڑے بابو! آج دنیا میرا تماشہ دیکھنے آگئی ہے"۔ اُس کی آواز میں عجیب سا ٹھہراؤ تھا۔

"کیا ہوا ۔ کوئی بولتا کیوں نہیں"۔

"میری بچی اُس ڈرائی کلینر کے لونڈے کے ساتھ بھاگ گئی ہے کھڑے بابو"۔

میرے کانوں میں چمپا کلی کی آواز کا ٹھہراؤ پھر کھٹکنے لگا اور اچانک میں نے اُس کی آنکھوں میں جھانک کر دیکھا ۔ ایک ۔ ایک نوکدار خنجر میرے جگر میں اُتر گیا ۔ دھیرے دھیرے ۔ رُک رُک کر ۔ ایک میٹھی میٹھی سی چبھن محسوس ہونے لگی ۔ اور پھر میرے دل کے اندر وہ سیپ ٹوٹ گیا اور ایک اچھوتا، انمول، ان دیکھا موتی باہر اُچھل کر گرد غبار کی تہوں میں چھُپ گیا۔

مجھے معلوم ہے کہ آپ میری بات کا یقین نہیں کریں گے ۔ شاید آپ مجھے سنگسار بھی کریں گے ۔ شاید آپ میرے جسم کو پاؤں تلے کچل ڈالیں گے ۔ شاید آپ میری بوٹی بوٹی کرکے گلی کوچوں میں پھینک دیں گے ۔ مگر یہ حقیقت ہے کہ میں نے چمپا کلی کی آنکھوں میں اطمینان کی جھلک دیکھی۔ جیسے سالہا سال کا انہونا بوجھ اُس کے کندھے سے اُتر گیا ہو ●●●

رشتہ کسی سے دو

پیشکار نے دیکھا کہ حقّے کی چلم جو ہاتھی پور چاندی کی بنی ہوئی تھی، اور جڑاؤ نقش و نگار سے آراستہ تھی، اور کسی ماہر کاریگر بلکہ فنکار کی ہینیوں کی عرق ریزی کا شاخسانہ تھی۔ اِدر جس سے خوشبودار تمباکو کا نیلا دھواں ایک مجنونہ چال سے اُٹھ رہا تھا۔ نورتن کا موڈ دُرست کرنے میں آج خلافِ معمول کوئی رول ادا نہیں کر رہی ہے۔ اُس کا ماتھا ٹھنکا۔ کیونکہ پیشکار جانتا تھا کہ نورتن کے نامناسب موڈ کا نزلہ ہمیشہ اُسی پر گرتا ہے۔

چنانچہ اُس نے پاس کھڑے ایک خدمتگار کو اشارے سے بُلایا اور کان میں کچھ کہہ دیا۔

دیکھتے ہی دیکھتے موتیوں کے جھالر والا ایک پردہ سرک گیا اور چھم چھماتی ہوئی ایک رقاصہ نمودار ہوئی۔ رقاصہ آکر رقص کے ایک مخصوص انداز میں کھڑی ہوگئی۔ نورتن نے رقاصہ کی طرف دیکھا۔ اُس کی باہنوں کی محراب کو دیکھا۔ اس کے تہہ در تہہ پھیلے ہوئے ریشمی بالوں کی طرف دیکھا۔ اُس کے ابرؤں کی کھنچی ہوئی کمانوں کو دیکھا۔ اس کے

سینے کے زیر و بم کی بے قراری کو دیکھا۔ اس کی پتلی کمر سے بندھی ہوئی اُس جڑاؤ زنجیر کو دیکھا، جس کے ہر حلقے سے ایک ایک قاش دل کی لٹک رہی تھی۔ دیکھتے دیکھتے نورتن کی آنکھیں دھیرے دھیرے بند ہونے لگیں۔ سازندے محوِ انتظار تھے کہ کوئی مبہم سا اشارہ ملتے ہی وہ فضا میں موسیقی کا سحر بکھیر دیں۔ چلمن کے پیچھے باندیاں صف باندھے کھڑی تھیں کہ اشارہ ملتے ہی، وہ چاروں طرف مئے ناب کی برسات برسائیں۔ ہوا سانس روکے کھڑی تھی۔ کہ اس تنے ہوئے ماحول میں سانس لینا گناہ تھا۔ پیشکار کو محسوس ہوا کہ وقت کا ہر گزرتا ہوا لمحہ اس کے وجود کو منوں مٹی سے ڈھک رہا ہے۔ اُسے سانس لینے میں دُشواری پیش آنے لگی۔ کچھ لمحے اور ایسے ہی گزرے تو وہ دنیا و مافیہا سے بے خبر ہو جائے گا۔

رقاصہ کے ماتھے سے پسینے کی بوندیں ٹپکنے لگیں۔ مگر اشارہ نہیں ملا۔

سازندوں کی نگاہیں پتھرا گئیں۔ مگر اشارہ نہیں ملا۔

باندیوں کے ہاتھ پاؤں من من بھر کے ہو گئے۔ مگر اشارہ نہیں ملا۔

پیشکار نے دیکھا کہ موت کا فرشتہ قدم بقدم اس کی طرف بڑھ رہا ہے۔ مگر اشارہ نہیں ملا۔۔۔ دفعتاً فضا کا یہ تناؤ ٹوٹ گیا۔ ایک آواز فضا میں گونج اٹھی۔

تخلیہ!۔۔

جیسے ہوا پھر سے چلنے لگی۔ رقاصہ نے بانہوں کی محراب سمیٹ لی اور تیز تیز قدموں سے دالان سے چلی گئی۔ سازندوں نے اپنے ساز سنبھالے اور دبے پاؤں باہر چلے گئے۔۔ باندیاں قطار باندھے اگلے دالان میں چلی گئیں۔۔ پیش کار نے دیکھا اب اس وسیع و عریض دالان میں صرف وہ تھا۔۔ اور سامنے گاؤ تکئے سے ٹیک لگائے نورتن۔۔

یہ کاغذات دیکھ رہے ہو پیش کار؟

دیکھ رہا ہوں دولت مآب۔

جانتے ہو یہ کیا ہے؟ یہ ہمارے محاسبوں کے مرتب کئے ہوئے گوشوارے

ہیں۔

گوشوارے دولت مآب ؟ غلام نہیں سمجھا۔

ہاں۔ تم واقعی نہیں سمجھو گے۔ یہ مختلف محکموں کے ڈیمانڈس ہیں۔ یعنی اخراجات کی پیشنگوئیاں۔

اخراجات کی پیشن گوئیاں ؟ میں ـــ میں پھر نہیں سمجھا دولت پناہ ـــ

بے شک تم یہ سب نہیں سمجھو گے ـــ یہ مملکت کے اخراجات کی بات تم جیسے معمولی لوگ نہیں سمجھ سکتے ـــ بہر حال ! ان اخراجات کے لئے ہمیں آمدنی کے ذرائع تلاش کرنا ہوں گے۔ آج ہماری پریشانی کا سبب یہی ہے۔ جہاں پناہ کو رپورٹ پیش کرنی ہے۔

پیش کار کے دل سے ایک ہوک اٹھی۔ اس کی بائیس سالہ ملازمت کے دوران کئی مرحلے پیش آئے تھے، جب نورتن کو قدرے پریشانی ہوئی تھی۔ مگر پیش کار نے جان کی بازی لگا کر ان مرحلوں کو طے کرنے میں نورتن کی مدد کی تھی ـــ مگر یہ مرحلہ کہ اخراجات کے لئے آمدنی کے ذرائع تلاش کرنے کا مسئلہ اُسے کبھی پیش نہیں آیا تھا۔ آتا بھی کیسے۔ اِس سے پہلے وہ دیگر شعبوں میں پیش کاری کر چکا تھا۔ جہاں اخراجات سے واسطہ تھا۔ آمدنی سے نہیں۔ اسی سال اُسے ترقی عطا کر کے اِس شعبے میں بھیجد یا گیا تھا۔ اور اسی سال یہ نیا مرحلہ درپیش ہوا تھا۔ اُس نے سہمی ہوئی نظروں سے نورتن کی طرف دیکھا۔ نورتن کے ہونٹوں پر ایک خفیف سا ہنسی کا سایہ تیر رہا تھا۔

پیش کار کو لگا جیسے اس کی شہ رگ پر سے کسی نے خنجر اٹھا لیا ہو۔

ہمیں معلوم ہے تمہارے لئے یہ مسئلہ نیا ہے۔ مگر کوئی مذائقہ نہیں۔ تم اِس کوزے میں ہاتھ ڈال کر ایک پرچی نکال دو ـــ اس میں "ٹیکس لگا کر کٹ" پرچیاں ہیں۔

پیش کار نے ڈرتے جھجکتے کوزے میں ہاتھ ڈالا۔ اور ایک پرچی باہر نکالی۔ پرچی پر "ٹ" کا حرف لکھا ہوا تھا۔ نورتن نے پرچی دیکھ کر حکم صادر کیا کہ موقلم اور کاغذ پیش کیا جائے ـــ

مو قلم اور کاغذ پیش کیا گیا۔ پیش کار نے قلم سنبھالی اور نورتن کی طرف اُمید وبیم کی نظروں سے دیکھا۔

ٹمارٹ۔ نورتن کے مُنہ سے یہ لفظ اُچھل پڑا۔ پیش کار نے قلم بند کیا۔۔۔۔۔ ٹرین۔ ٹیمن۔ ٹم ٹم۔ ٹرک۔ ٹیلی گرام۔ ٹیلی فون۔ ٹیلی ویژن۔ ٹاٹ۔ ٹوپی۔ ٹی کوزی۔

نورتن کے منہ سے الفاظ کی بارش ہوتی رہی۔ پیش کار قلمبند کرتا رہا لکھتے لکھتے پیش کار سوچتا رہا کہ بائیس سالہ ملازمت کے دوران اُس نے منوں کاغذ سیاہ کئے ہوں گے۔ بے شمار حکم نامے اور فرمان تحریر کئے ہوں گے۔ مگر ایسی عبارت جیسی وہ اس وقت تحریر کر رہا تھا۔ اُس نے کبھی قلم بند نہیں کی تھی۔ سوچتے سوچتے پیش کار پریشان ہونے لگا۔ آخر ان بے ربط الفاظ کی کیا اہمیت تھی کہیں۔ کہیں نورتن کا ذہنی توازن، خدا نہ کرے، درہم برہم تو نہیں ہو گیا تھا۔ اس خیال کے آتے ہی پیش کار کا چہرہ لال ہو گیا۔ اس کے ماتھے پر پسینے کی بوندیں نمودار ہو گئیں۔ اس کا ہاتھ لکھتے لکھتے کانپنے لگا۔

ہم جانتے ہیں تمہاری حالت غیر ہوتی جا رہی ہے پیش کار۔ مگر تمہاری حیرت دُور ہو جائے گی۔ نورتن نے کہا اور پاس کھڑے چوبدار کو صدر دروازے پر بگھی لانے کا حکم دیا۔

چند لمحوں کے بعد جب پیش کار نورتن کے ساتھ بگھی میں بیٹھ کر مختلف بازاروں میں سے گزر رہا تھا، تو اس کے ماتھے پر پسینے کی بوندیں بدستور موجود تھیں۔ اس کا ہاتھ بدستور کانپ رہا تھا۔ دفعتاً نورتن اُس سے مخاطب ہوا۔ ہماری مملکت میں سالانہ کتنے بچے پیدا ہوتے ہیں پیش کار۔؟

دو لاکھ تئیس ہزار نو سو تیرہ دولت مآب۔

کتنے بچے ٹرائی سیکل چلاتے ہیں ؟

یہ اعداد و شمار ہمارے شعبہ STATISTICS نے مرتب نہیں کئے ہیں عالم پناہ۔

ہمیں معلوم ہے۔ ہم تمہارا اندازہ جاننا چاہتے ہیں۔

اندازاً کوئی دس فیصدی بچے۔ پیش کار نے ڈرتے جھجکتے اپنا اندازہ بتایا۔
اس صورت میں ایک شاہی فرمان رقم طراز کیا جائے کہ ہر بچے پر لازم ہے کہ وہ ٹرائیسکل چلائے۔ اور ہر والدین کو مطلع کیا جاتا ہے کہ اگر وہ اپنے بچے کو ٹرائیسکل خرید کر نہیں دیتا، تو اُسے سالانہ دس روپے فی بچہ کے حساب سے شاہی خزانے میں بطور تاوان جمع کرانا ہوگا۔ پیش کار نے لکھتے لکھتے دل ہی دل میں حساب لگایا۔ بچوں کی تعداد کے پیش نظر اُسے ہر سال اتی روپے شاہی خزانے میں جمع کرانے ہوں گے۔ وہ کچھ زیادہ ہی پریشان ہوگیا۔ اپنی فہرست میں ٹرائیسکل بھی درج کردو۔ نورتن زیرلب مسکرا رہا تھا۔
مگر۔۔ مگر دولت پناہ! یہ۔۔ یہ فہرست کس غرض سے تیار کی جارہی ہے۔
نورتن نے ایک قہقہہ بلند فرمایا۔
ہمیں معلوم تھا تم یہ ضرور پوچھو گے۔ تاہم تھوڑا سا صبر اور کرلو۔ فہرست ابھی ناتمام ہے۔
اچانک نورتن نے ایک جگہ بگھی روکنے کا اشارہ کیا۔ سامنے دُکان میں لوگوں کی بھیڑ لگی تھی۔
یہ لوگ یہاں کیا خرید رہے ہیں؟ اُس نے پیش کار سے پوچھا۔
تکے عالم پناہ! کوئلوں پر بھنے ہوئے گوشت کے تکے۔ سُنا ہے اس دُکان کے تکے کافی دُور دُور تک مشہور ہیں۔
تکے؟ اپنی فہرست میں اندراج کردو پیش کار۔
ایک بار پھر پیش کار شش و پنج میں پڑگیا۔ کہ یہ ماجرا کیا ہے۔ ایک بار پھر اس کے ماتھے پر پسینے کی بوندیں اُبھر آئیں۔ ایک بار پھر اس کا ہاتھ کانپنے لگا۔
نورتن نے اس کی یہ حالت بھانپ لی۔ اُس نے قہقہہ بلند کیا۔ اور پھر نہایت رازدارانہ انداز میں پیش کار کے کان میں یہ راز افشا کردیا۔
پیش کار نے دل ہی دل میں جمع تفریق کیا۔ پھر اُنگلیوں پر کچھ گننے لگا۔۔ اور پھر

اچانک اس کے حلق سے ایک دلدوز چیخ برآمد ہوئی۔ اُس کا چہرہ زرد پڑ گیا۔ اس کی آنکھوں کی پُتلیاں ساکت ہو گئیں ۔۔۔ اور دوسرے لمحے اُس کی گردن لٹک گئی۔

نورتن نے نگمی موڑنے کا اِشارہ کیا۔

وسیع و عریض والان میں گاؤ تکیے سے ٹیک لگائے نورتن نے پیش کار کو سرکاری اعزاز کے ساتھ دفن کرنے کے احکام جاری کئے ۔۔۔ ساتھ ہی اشارہ کیا ۔۔۔ اشارہ ملتے ہی سازندے اپنے اپنے ساز لے کر آ گئے۔ پھر موتیوں کی جھالر والا پردہ سرک گیا اور رقاصہ چھماتی ہوئی نمودار ہو گئی ۔۔۔ اور رات بھر کے لئے محفلِ رقص و سُرود کا آغاز ہو گیا۔

دوسرے دن شہر کے لوگ یہ دیکھ کر حیران و ششدر رہ گئے کہ ٹماٹر ڈیڑھ روپیہ کلو گرام مہنگا بِک رہا ہے۔ ٹین ایک سو دس روپیہ کوئنٹل مہنگا ہو گیا ہے۔ ٹرین کا کرایہ بڑھ گیا ہے۔ ٹوپی پہن کر سڑک پر گزرنے والوں سے زبردستی بیس پیسہ روز کے حساب سے تاوان لیا جا رہا ہے۔ ٹم ٹم پر سفر کرنے والوں سے دوگنا کرایہ وصول کیا جا رہا ہے۔ اور بھُنے ہوئے گوشت کے ٹِکے دوگنے بھاؤ پر بک رہے ہیں۔

کچھ دنوں کے بعد لوگوں نے سُن لیا کہ بچوں کے ٹرائیسکلوں کا بھاؤ اڑھائی گنا زیادہ بڑھ گیا ہے۔

مگر کافی سوچ بچار کے باوجود یہ کوئی نہیں جان سکا کہ صرف اُن اشیاء کے دام کیوں بڑھ گئے ہیں، جو صرف "ٹ" سے شروع ہوتی ہیں۔ اب یہ راز نورتن کے ساتھ ہی تاریخ کا ایک واقعہ بن کر آنے والی صدیوں کا مُنہ چڑھاتا رہے گا۔ ☆☆

لوٹ آئے میرے سرپلش

پھر ایک دن بادشاہ کو سخت غصہ آیا اور اُس نے شہزادی سے کہا کہ وہ اس کا بیاہ اُس آدمی سے کرے گا جو کل صبح سب سے پہلے شہر کے دروازے میں داخل ہوگا۔

یہ سُنکر اندر محل خانہ میں کہرام مچ گیا۔

اب شور قدرے تھم گیا ہے۔ ایچ ایچ ٹی، ایس ایلیٹ اور اس کے شاگرد آلڈس ہکسلے، جیمز جوائس، موپاساں، ہیمنگوے وغیرہ یہاں سے اُٹھ کر چلے گئے ہیں اور وہ کونے والی میز لُٹی ہوئی بیوہ کی طرح مُنہ کھولے چھت کو گھور رہی ہے، اب اُس کونے سے کوئی آواز نہیں آرہی ہے۔ کوئی چٹ پٹی بحث نہیں ہو رہی۔ کوئی جنس اور جنسی مسائل پر گفتگو نہیں ہو رہی۔ کوئی قومی اور بین الاقوامی سیاست پر تبصرہ نہیں ہو رہا ہے۔ اب تو کچھ بھی نہیں ہے۔ باہر بارش چھاجوں برس رہی ہے اور اندر ریڈیو گلا پھاڑ پھاڑ کر چیخ رہا ہے — میرا نام عبدالرحمان۔۔۔۔

اوئی! مت پکڑو جی میری کلائی۔ کہہ تو دیا کہ میرا نام نورا ہے۔ ہیجڑا اپنی کمر کو تو بل دے کر اپنی کلائی کو سہلا رہا ہے۔ ہت تیرے کی! چل ہٹ! جب دیکھو گھسا

بھی چلا آرہا ہے۔ خواجہ سرا کی اولاد! ہشت! یہ بات خواہ مخواہ بیچ میں آجاتی ہے۔ ذکر تو شہزادی کا ہو رہا ہے۔

ہائے میری شہزادی! تم بادشاہ کو غصہ مت دلایا کرو۔۔۔ اب کچھ نہیں ہو سکتا اب تم اس رات کو گزرنے دو۔ کل صبح جب شہر کا دروازہ کھلے گا۔۔۔ مگر کل تو منگل وار ہے اور منگلوار کے دن ٹی۔ ٹو کیفے کا دروازہ نہیں کھلتا۔ ناغہ ہوتا ہے۔

عجیب اتفاق ہو گیا۔ اتفاق ہو گیا؟ جانے یہ اتفاق کیسے ہو جاتا ہے۔ جیمز جوائس کا کہنا ہے۔ اے لو! میں پھر بہک گیا۔ بات منگلوار کی ہو رہی ہے۔ جب وہ اتفاق ہوا اور مجھے پال مل گیا۔ یہ پال بھی عجیب آدمی ہے۔ جب دیکھو دروازے کے پاس ہی ملتا ہے، اور وہ بھی صبح ہی صبح۔ کون جانے کس دن بادشاہ کو سخت غصہ آجائے اور وہ شہزادی سے کہے۔۔۔ مگر یہ غلط ہے بادشاہ کو کبھی غصہ نہیں آتا۔ پال کا کہنا ہے کہ جب وہ بادشاہوں کے سامنے اُن کو بُرا بھلا کہتا ہے تو ان کو کبھی غصہ نہیں آتا۔ اس سلسلے میں وہ کاغذ کے بادشاہ کی مثال دیتا ہے، جس کی کاغذی ملوں میں ایک ہزار غلام بھرتی ہیں اور رہان کے بادشاہ کی مثال دیتا ہے جو ملک بھر کے تمام نیواڑیوں کو مال سپلائی کرتا ہے، اور اینٹ کے بادشاہ کی مثال دیتا ہے جس نے جگہ جگہ اینٹوں کے بھٹے اور کارخانے قائم کئے ہیں اور جو اپنی رعایا کی اینٹ سے اینٹ بجاتا ہے۔ مگر یہ محاورہ اب پُرانا ہو چکا ہے جس طرح بادشاہوں کا غصہ پُرانا ہو گیا ہے۔ اب بادشاہوں کو کبھی غصہ نہیں آتا۔ اور نہ شہزادی صبح سویرے دروازے کی طرف آنکھیں لگائے امید و بیم کی منزلوں سے گزرتی ہے۔ اب شہزادی کو یقین ہے کہ ٹیپو سُلطان رَن جیت کر لوٹ آئے گا اور بادشاہ کو ایسا محسوس ہو گا جیسے اُسے ایک پیادے نے مات دی ہو، یا جیسے کھیلے کو اپنے پال نے بحث میں ہرادیا ہو۔ یہ پال بھی عجیب آدمی ہے، کھیلے کو بحث میں ہراتا ہے اور ایک معمولی لڑکی کو ہیروئن بنا دیتا ہے اور لوگ آدمی کو تلاش کرنے لگتے ہیں۔ مگر لوگوں کو دراصل یہ نہیں معلوم کہ آدمی اصل میں آرملا ہے اور۔۔۔ جانے دو جی، یہ بھی کوئی بات ہوئی۔ بات تو اُس اتفاق کی ہو رہی ہے جب ٹی۔ ٹو کے باہر مجھے پال مِل گیا کہنے لگا، اب کہاں

جائیں گے؟ شہر کا دروازہ تو بند ہے۔ میں نے کہا چلو بازاروں کے چکر لگاتے ہیں کیونکہ بازاروں میں شہزادیاں ماری ماری پھر اکرتی ہیں۔ کون جانے کب کسی شہزادی کی نظر ہم پر پڑے اور وارے نیارے ہو جائیں۔ پال خلافِ معمول آمادہ ہو گیا۔ اور ہم بازاروں کی غلام گردش میں داخل ہو گئے۔ دفعتاً ایک سیاہ اچکن پال کے ساتھ ٹکرا گئی۔ جانتے ہو یہ تیل کا بادشاہ ہے۔ اس کے پاس نومن تیل بھی ہے اور اس کے گھر میں ایک رادھا بھی بیٹھی منتظر ہے۔ مگر رادھا نہیں ناچے گی۔ راجہ کی آئے گی برات۔ یہ نومن تیل کا مسئلہ بڑا نازک ہے۔ چور بازاری بالکل بند ہے۔۔ رادھا کیسے ناچے گی؟

یہ واقعی بڑا نازک مسئلہ ہے یعنی یہ نورا عرف نور الدین اپنے کولھے مٹکاتا روز نی۔ ٹو میں داخل ہوتا ہے اور پھر ٹی ایس ایلیٹ سرگوشیوں میں اپنے شاگردوں کے ساتھ کوئی راز و نیاز کی باتیں کرتا ہے۔ ہیمنگوے کا کہنا ہے کہ یہ ایلیٹ سالا نورا کو اپنا شاگرد بنانا چاہتا ہے۔ مگر بات دراصل یہ بھی نہیں ہے۔ بات وہی ہے جو موپاساں نے اس دن کہی تھی کہ اس معاملے کی تہ میں جنس کار فرما ہے۔ بچہ آم چوستا ہے تو کیوں؟ بوڑھا اپنے پوپلے منہ کو ہلاتا ہے تو کس لئے؟ مائی ڈیر دا کسن یعنی ہیمنگوے! یہ سب اس لئے ہے کہ ــ وہ دیکھو ٹی ایس ایلیٹ کی محبوبہ جا رہی ہے۔ پال مجھے ٹہوکا مار کر ایک عورت کی طرف اشارہ کرتا ہے اور میں دیکھتا ہوں۔ اے ایلیٹ میاں! تیری محبوبہ وہ بوڑھی بھینس ہی ہو سکتی ہے۔ ایلیٹ کو غصہ آ رہا ہے۔ کیا کہا۔؟ وہ بوڑھی بھینس ہے؟ ارے، وہ تو ہارڈلی فضی ہو گی ــ پال اچانک قہقہہ مار کر میرے کندھے پر ہاتھ مار دیتا ہے۔

کیوں؟ کیا ہو گیا؟

وہ دیکھو، اس دکان میں کوئی مزدور سیٹھ کی گدی پر بیٹھا لیمپ کا سگریٹ پی رہا ہے۔ ہائے میرے پیارے پال! تم بھی کتنے بھولے ہو۔ ایک کھلونا دیکھا اور بہل گئے۔ پیارے ایک لمحے کے لئے اگر وہ سیٹھ کی گدی پر بیٹھ بھی گیا تو کیا واقعی سیٹھ بن گیا۔ ایک لمحے کے لئے چاند چمکتا ہے اگر۔۔

یہ ایک لمحہ تو ہم سب لوگوں کی زندگی میں آتا ہے اور ہم اسے مٹھی میں دبا لیتے

اپنے دل کو بہلاتے رہتے ہیں۔ انگلیاں دُکھنے لگتی ہیں مگر مٹھی کوئی نہیں کھولتا۔ کوئی کیسے مٹھی کھول سکتا ہے؟ سب کو معلوم ہے کہ اگر مٹھی کھولی جائے گی تو اندر وہ لمحہ موجود نہیں ہوگا۔ بھلا لمحے رُکتے ہیں؟ بند ہوتے ہیں کسی کی مٹھی میں؟

ایک لمحہ بھلا وقت کے ساتھ کیا اُلجھے ــــ

پال کسی کے ساتھ باتوں میں اُلجھ گیا ہے اور میں گھاس منڈی کے ناکے پر خواہ مخواہ کھڑا سوچ رہا ہوں۔ آؤ! تھوڑی سی گھاس ہی چرائیں ــــ ہائے! وہ راجندر بازار کے ناکے پر ایک شہزادی کھڑی ہے۔ تم اس ناکے پر کھڑی کھڑی کیا سوچ رہی ہو شہزادی؟ آؤ کہیں چل کر ایک ایک گلاس بیئر پی کر بہک جائیں اور پھر تم جذباتی انداز میں میرے سینے پر اپنا سر رکھ کے ہلکی ہلکی سسکیاں لینا۔ جانے ان لڑکیوں کو سسکیاں لینے کا اتنا شوق کیوں ہوتا ہے۔ ابھی اس دن بلکہ اس رات جب میں اوپر چھت پر اپنی معشوقہ کے ساتھ چاندنی کی سیر کر رہا تھا، تو کیا ہوا کہ اچانک وہ میرے کندھے پر اپنا سر رکھے ہلکی ہلکی سسکیاں لینے لگی۔ میں نے گھبرا کر پوچھا، کیا ہوا؟ تو اس نے بڑے ناز کے ساتھ کہا کچھ بھی تو نہیں۔ پھر تم سسکیاں کیوں لے رہی ہو؟ کیوں؟ اس میں کیا بُرائی ہے۔ یہ تو پیار ہی کی ایک نشانی ہے۔ اُس نے بڑے بھولے انداز میں کہا۔

دھت تیرے کی۔ نکلی نہ آخر معشوقہ ہی۔ زبان سے پیار کا ایک بول ادا نہیں ہوسکتا تو یہ کام سسکیوں سے لیا جاتا ہے۔ چل ہٹ یہاں سے سوہنی کی اولاد۔ اچھی بھلی چاندنی رات کا مزہ کرکرا کر دیا۔

دیکھا پال پیارے! یہ عشق کا معیار ہے اور یہ وہ معشوق ہیں کہ جن کے لئے تم نے دل کا دورہ خرید لیا ہے۔ نیچے گلی میں کوئی جھوکرا لہک لہک کر گا رہا ہے ــــ 'پیار کیا تو آہیں بھرنا کیا'۔ــــ دھت تیرے کی! پال میری پیٹھ پر ایک دھپ لگا کر کہہ رہا ہے۔ اسے پونوال کے ڈڈو! تم یہاں کھڑے ہو؟ اور میں تمہیں ڈھونڈتے ڈھونڈتے ہلکان ہوگیا ہوں ــــ

پونوال ایک گاؤں ہے جس میں ایک سوہنی رہا کرتی تھی۔ پال مجھے سمجھا رہا ہے اور پونوال کی سوہنی ہر رات پونوال کی اکلوتی جوہڑ پر مینڈکوں کا ٹرانا سننے آتی تھی۔

اور سسکیاں بھرا کرتی تھی۔ ایک دن جوہڑ کے ایک بانکے مینڈک نے سوہنی کو آنکھ ماری اور پھر سوہنی کو اس مینڈک سے عشق ہو گیا اور ایک دن جب وہ دونوں مل کر پیار کیا ٹوڈرنا کیا، گا رہے تھے تو سوہنی کا باپ سامنے آکھڑا ہوا۔ اُس کو بہت غصہ آیا اور اُس نے سوہنی سے کہا کہ کل صبح جو پہلا آدمی یہ تو ال میں داخل ہو گا، تیرا بیاہ اسی کے ساتھ کر دیا جائے گا۔ مینڈک نے جب یہ سُنا تو وہ پھدک کر جوہڑ کے پانیوں میں غوطہ لگا گیا اور پاس ہی کہیں بم پھٹ گیا۔

پھر کیا ہوا؟

ننھی بلو نے بڑی بوڑھیوں کی طرح اپنی ننھی سی اُنگلی اپنی ننھی سی ٹھوڑی پر رکھ کر بے چینی سے پوچھا۔ اور دادی اماں نے اپنے پوپلے مُنہ کی پوٹلی کو کھولا — ہاں تو بلو بٹیا راج کرے، پھر یہ ہوا کہ شہزادی نے وہ رات آنکھوں میں کاٹی۔ اُدھر محل خانہ میں شہزادی کی اماں بادشاہ کی بڑی منت سماجت کرنے لگی اور کہنے لگی، عالم پناہ! اپنی اکلوتی بیٹی پر رحم کر!'

یہ عالم پناہ کیا ہوتا ہے دادی اماں؟ — ننھی بلو نے حیرت سے پوچھا۔ اور دادی اماں ناراض ہو گئیں۔ سخت ناراض ہو گئیں — تبھی ننھی بلو نے چُپ چاپ ٹیپ ریکارڈ کا بٹن دبا دیا اور 'دادی اماں مان جا' والا گانا بجنے لگا۔ دادی اماں گانا سُنکر خوش ہو گئی۔ اور اُس نے دوبارہ اپنے پوپلے مُنہ کی پوٹلی کو کھولا — ہاں تو بلو رانی راج کرے! اُدھر یہ ریکارڈ بجتا رہا اور اُدھر عالم پناہ نے شہزادی کی اماں کو خوب ڈانٹ بتائی۔

ابے کیا سوچ رہا ہے پوتوال کے — بس بس، آگے کچھ مت کہنا، میں نے پال کے مُنہ پر اپنا ہاتھ رکھ دیا اور راجندر بازار کے ناکے پر کھڑی اُس شہزادی کو آخری بار دیکھنے کے بعد پال کے ساتھ روانہ ہو گیا۔

اتنی دیر میں کیا دیکھتا ہوں صاحبو! کہ حدِ نظر تک ایک لق و دق صحرا ہے اور صحرا میں نرم نرم دُوب اُگی ہوئی ہے اور اُس دُوب پر کچھ چوپائے قسم کے جانور مُنہ مار رہے ہیں۔ میں نے پوچھا، اے گھاس منڈی کے مصاحبو! یہ ماجرا کیا ہے، تو گھاس منڈی

کے ایک مصاحب نے اُن افیونیوں کا قصہ بیان کیا جنھوں نے اپنے دوستوں کے مکان میں شبخون مارا تھا۔

چل منوہر سے پان لیتے ہیں، پاؔل نے مجھے بازو سے پکڑ کر بیس نئے پیسے منوہر کی چمکدار پیتل کی تھالی میں ڈال دیئے۔

میں نے کہا حضور آپ کی عقل کہاں گھاس چر رہی ہے۔ ایک ڈنر سوٹ نے ایک جواہر جیکٹ سے سوال کیا، جس نے غلطی سے ڈنر سوٹ کے پتلون پر پیک کی پچکاری ماری ہے۔ آئی ایم سوری، جواہر جیکٹ لجاجت کے مارے پان پر منہ مارنے لگا، یا منہ پر پان مارنے لگا۔

چلو چلو، اندر لڑائی ہو رہی ہے۔ نورے نے اپنے کولہے مٹکاتے ہوئے پال کو گھسیٹنا شروع کیا۔

کہاں لڑائی ہو رہی ہے؟ کیوں لڑائی ہو رہی ہے؟ کیسے لڑائی ہو رہی ہے؟ پاؔل کے چہرے پر اُداسی کے بادل چھا گئے۔

نورے نے ٹی۔ ٹو کی طرف اشارہ کیا۔ اور اپنی گردن کو ایک ایسی جُنبش دی کہ پال دونوں ہاتھوں سے اپنا سر پکڑ کے بیٹھ گیا۔ نورؔے نے اپنے داہنے ہاتھ کی اُنگلی اپنے نچلے ہونٹ پر جا دی اور شرمیلے انداز میں کہا—

میری وجہ سے ہو رہی ہے جی۔

دھت تیرے کی! جس لڑائی کی وجہ ایک ہیجڑا ہو، اُس لڑائی کی خبریں کبھی ریڈیو سے مت سُنا کرو۔

چلو چلو! اس سے پہلے کہ برات بالکل سامنے آ جائے، سڑک کو پار کرو۔ پال نے مجھے ٹہوکا مارا اور ہم ٹی۔ ٹو میں داخل ہو گئے۔

ابھی ابھی خبر ملی ہے کہ چشول پر ہماری فوجوں کی ٹکر چینی فوجوں سے ہوئی۔ بڑا گھمسان کا رن پڑا جس میں دشمن کا بہت جانی و مالی نقصان ہوا اور میدان ہمارے ہاتھ رہا۔ ریڈیو دھیمے سُروں میں اعلان کر رہا ہے اور لوگ تالیاں بجا رہے ہیں، اور المیٹ اپنی تازہ غزل کے شعر سُنا رہا ہے۔

آپ آتے تو دید ہو جاتی
آپ جاتے تو عید ہو جاتی

مجھے سخت غصہ آنے لگا ہے اور میں پاؔل کی طرف دیکھنے لگتا ہوں۔ پاؔل کو بھی سخت غصہ آنے لگا ہے۔ ہم دونوں نورے کی طرف دیکھتے ہیں جو غزل کے ایک ایک شعر پر اپنی کمر میں سَو سَو بل دے رہا ہے۔ اور پھر ہمارے دیکھتے ہی دیکھتے غضب ہو جاتا ہے۔

چھت سے لگا ہوا پنکھا بمبار جہاز کی طرح غوطہ لگا کر ہم سب کے سر اُڑا دیتا ہے۔ میرا سر اُچھل کر لڑھکتا ہوا شہر کے باہر فصیل میں بنے ہوئے دروازے سے ٹکرا جاتا ہے اور عید ہو جاتی ہے۔ دیکھتے ہی دیکھتے ایک عورت سر کے بل کھڑی ہو گئی ہے۔ ایک ٹیبل لڑھکتے لڑھکتے دروازے سے نکل کر سڑک پر آجاتا ہے اور ایک کار اُس کی زد میں آکر ریزہ ریزہ ہو جاتی ہے۔ دل ریزہ ریزہ گنوا دیا۔

اے لو! وہ چائے کی کیتلی میں پڑا ہوا موپاساں کا سر لہولہان ہو گیا ہے۔ لہو کا دھان دو۔ ٹی ایس ایلیٹ ہیجڑے کی کمر میں ہاتھ ڈال کر ناچنے لگا ہے۔ دھن دالو، دھن دو ــــ حضور! یہاں تو مشاعرہ ہو رہا ہے ــــ نر دھن کے بھگوان ــــ ایک شاعر بتیسی نکال کر داد دے رہا ہے۔

یہ برہمن پنڈ کا چرن داس عرف ٹی، ایس ایلیٹ ہے۔ جس کے ساڑھے چار سو شاگرد ہیں اور جو ہر شاگرد سے پانچ روپے ماہانہ نذرانہ وصول کرتا ہے ــــ وہ تلوتالاب کا جیپال سنگھ المعروف موپاساں ہے جو ایک کہانی کا پلاٹ ڈیڑھ سو روپے میں خریدتا ہے، دیس کو اس وقت آپ کی ضرورت ہے، کوئی رہنما ریڈیو کے ذریعے قوم سے خطاب کر رہا ہے۔

اِدھر محلّہ زرگراں کا رشید خاں الیاس کھیلے ہے جو آج کل نورے کے کوٹھے مٹکانے پر ناول لکھ رہا ہے ــــ آج ایک جانباز سپاہی کو پرم ویر چکر کا تمغہ عطا کیا گیا۔ اس نے ایک چینی کمانڈر کو تھیلے میں بند کرکے دریائے چناب میں بہا دیا۔

وہ بار بر محلّے کا کستوری لعل ہیمنگوے ہے۔ آپ نے حال ہی میں کوکا پنڈت پر ایک مُدلّل کتاب لکھی ہے، اور آج کل "ریشمی زلفیں" لکھ رہے ہیں۔

اچانک بادشاہ آپے سے باہر ہوگیا۔ اس نے دادی اماں کے پوپلے مُنہ پر ایک جھانپڑ رسید کیا اور اپنے مصاحبوں کو حکم دیا کہ شہزادی کا سر قلم کیا جائے۔ تاکہ نہ رہے بانس اور نہ بجے بانسری۔

شہزادی زار و قطار رونے لگی۔ میں اُرملا ہوں، مجھے پہچانو۔ ــــ وہ چیخ رہی ہے ــــ مگر پال چشول کے محاذ پر ایک چینی کو سُرخ مرچیں کھلا کھلا کر اُدھ موا کر رہا ہے ــــ اکڑ فوں دکھا رہے ہو ــــ ؟ افیونی کہیں کے ــــ یہ لو افیون کی گولی اور لَوٹ جاؤ اپنے دیس۔

میاؤں ــــ دُور ایک کونے میں بِلّی خرخر کرنے لگی ہے۔

گرفتار کر لو انھیں ــــ بادشاہ حکم دیتا ہے اور نی۔ ٹو کیفے میں بیٹھے ہوتے ٹی، ایس ایلیٹ اور اس کے شاگردوں کو اور موپاساں کو اور کستوری لعل ہیمنگوے کو اور رشید خاں کھیلے کو گرفتار کر لیا جاتا ہے۔

پھر کیا ہوا ؟ ننھی بلو نیند میں بڑبڑائی۔

پھر یہ ہوا میری بچی، کہ بھارت ورش ایک بار پھر سے آزاد ہوا، اور سور مارن سے فتح یاب ہو کر آتے اور شہزادی

آرتی کا تھال اُٹھاتے ہوئے شہر کے دروازے پر اُن کا انتظار کرتی رہی۔

میں بھی اُن کا انتظار کروں گی —— ننھی ببلو نے نیند میں ہی کہا اور دادی امّاں نے دیکھا کہ اُس کے ننھے سے چہرے پر شفق پھوٹ رہی ہے۔ ●●●

درد کا مارا

جب لڑکی تیسری بار اُس کی دُکان کے سامنے سے گزر گئی، تو صمد جُو نے حُقّے کی نے منہ سے نکال کر اُس چیتے کے بچّے کی طرف دیکھا، جو دُکان کے اندر اخروٹ کی لکڑی کی منقش تپائی پر کھڑا جیسے اپنی ماں کا انتظار کر رہا تھا۔ صمد جُو کے ہونٹوں پر ایک من موہنی سی مسکراہٹ پھیل گئی۔ اور پھر رفتہ رفتہ یہ مُسکراہٹ ایک اُداس سی کیفیت میں تبدیل ہو گئی۔ اُداسی کا یہ ہین سا سفید دوپٹہ اُس کے وجود پر لہراتا رہا اور آہستہ آہستہ اُس کے وجود کو ڈھکنے لگا۔ جیسے جنوری کی یخ بستہ راتوں میں برف کے گالے دھیرے دھیرے درختوں کو ڈھک دیتے ہیں۔

بنڈ پر صمد جُو کی دکان اُس زمانے سے تھی، جب موجودہ ایمپوریم کی شاندار عمارت میں انگریز ریذیڈنٹ رہا کرتا تھا اور جب شام کو انگریز مرد اور عورتیں بنڈ کی سیر کیا کرتے تھے اور نیڈوز کلب میں رات گئے تک فوکس ٹراٹ اور والٹز کی دھنیں سُنائی دیتی تھیں۔ اُس زمانے میں بھی صمد اینڈ سنز، فریئرس اینڈ ٹیکسی ڈرمسٹ کی دُکان مشہور تھی، اور انگریز عورتیں اس دُکان میں سمور کے ملبوسات کے آرڈر دینے پر بہت چاؤ کے

ساتھ دستخط کیا کرتی تھیں۔ انگریز مرد تو صمد جو سے STUFFED جانور اور پرندے بہت شوق سے خریدا کرتے تھے۔ چیتے، بارہ سنگھے، مارخور اور طرح طرح کے پرندے ہو کر سرکی مرغابیاں، وڈر کے راج ہنس ڈل جھیل کی رام چڑیا، مانس بل کی بطخیں۔ مردہ جانوروں کی کھالوں میں نیا جسم فٹ کرنے کا فن صمد جو نے اپنے باپ رمضان جو سے سیکھا تھا۔

رمضان جو ان پڑھ تھا، لیکن خدا نے اس کے ہاتھوں میں ایسا جادو بھر دیا تھا کہ لوگ حیرت سے دانتوں تلے انگلیاں دبانے پر مجبور ہو جاتے تھے۔ اور لوگ بھی کون؟ انگریز جو والیانِ ملک تھے اور سات سمندر پار سے تعلیم، علاج، دوائیاں، چاندی کے سکے اور منکارانہ نظامِ حکومت لائے تھے۔ کہا جاتا ہے ایک انگریز کپتان نے خوش ہو کر رمضان جو کو ایک دستخطی سرٹیفکیٹ دیا تھا، جس میں لکھا تھا اگر رمضان جو لندن میں ہوتا تو بلاشبہ بادشاہ جارج ششم نے اس کا آرٹ دیکھ کر اس کو سر کا خطاب عنایت فرمایا ہوتا۔ افسوس کہ یہ سرٹیفکیٹ اُس آگ کی نذر ہو گیا تھا، جس نے ایک منحوس رات کو رمضان جو کے مکان کو چشم زدن میں راکھ کا ڈھیر بنا دیا تھا۔ اُس وقت صمد جو کی عمر اٹھارہ برس کی تھی اور دوسری جنگ عظیم ختم ہو گئی تھی۔ اُس آگ نے تو صمد جو کے باپ کی کمر ہی توڑ دی، اور ساتھ میں حاجی اسمٰعیل کی کمر بھی توڑی تھی، کیونکہ رمضان جو حاجی اسمٰعیل کا چہیتا کاریگر تھا۔

بہر حال رمضان جو نے اپنے بیٹے صمد جو کو اِس ہنر کے تمام اسرار و رموز سکھلائے تھے، اور صمد نے آگے چل کر اپنے باپ اور اُستاد کا نام روشن کیا۔ بنڈ کے دکاندار حلقوں میں یہ بات مشہور تھی کہ ایک دن صمد کے ہاتھ کا بنا ہوا سنہری کلغی والا جنگلی مرغ دیکھ کر ایک انگریز کرنل کی جوان لڑکی نے چٹاخ سے اُس کے کھُردرے، میلے کچیلے ہاتھوں کا بوسہ لیا تھا۔ صمد زیادہ دنوں تک اسمٰعیل جو کا کاریگر بن کر نہ رہ سکا۔ کیونکہ چیزوں کے دام ایک دم بڑھ گئے تھے، اور اُس کا آبائی مکان جل چکا تھا اور گیلی لکڑی کے کڑوے کسیلے دھوئیں سے اُس کی ماں کو شاہی بیماری لگ گئی تھی۔ ڈاکٹر رالنس کی فیس بلہ کاک ڈار اور احمد جو شہداد جیسے رئیس ہی ادا کر سکتے تھے۔ صمد مال بنا کر پہلے تو مختلف دکانداروں کو دیتا رہا، پھر گگری بل کے ہاؤس بوٹوں میں رہنے والے انگریزوں کو بیچتا رہا۔ پھر ملک آزاد ہونے سے پہلے جب

گورڈن صاحب نے بنڈ پر اپنی سگار اینڈ کینڈی نامی دُکان بڑھا کر ولایت واپس چلے جانے کی ٹھان لی، تو اتفاق سے یہ خالی دُکان صمد کو مل گئی۔ پانچ چھ مہینوں کے بعد اس دکان پر بورڈ لگ گیا۔ "صمد اینڈ سنز، فریئرس اینڈ ٹیکسی ڈرمسٹ"۔ اور یہ بورڈ اتنا مشہور ہوا کہ ابھی تک ولایت سے آنے والے سیاح سرینگر میں اِس بورڈ کو تلاش کرتے نظر آتے ہیں۔

کچھ صمد کی فنکارانہ مہارت کا کرشمہ تھا، کچھ اُس کی انتھک محنت کا نتیجہ تھا اور کچھ اُس کی سادگی پسند طبیعت کا اثر تھا کہ صمد اینڈ سنز کی دُکان ایسی چل نکلی کہ بنڈ کی بڑی بڑی دُکانیں اُس کی روشنی کی چکاچوند سے ماند نظر آنے لگیں۔ تھوڑے عرصے کے بعد صمد صاحبِ حیثیت اور صاحبِ جائیداد تاجروں میں شمار کیا جانے لگا۔

صمد جُو نے اُٹھ کر دکان کے اندر اخروٹ کی منقش تپائی پر رکھے ہوئے چیتے کے بچے کی پیٹھ پر پیار سے ہاتھ پھیرا، پھر شیشے کی بنی ہوئی اُن آنکھوں کی طرف دیکھا، جو اُس نے نہایت فنکاری کے ساتھ اُس کے چہرے میں فٹ کی تھیں۔ پھر اُس کے مُنہ پر لگائے ہوئے اُن بالوں کو دیکھا، جو ایک ایک کر کے بہت احتیاط کے ساتھ اُس نے پندرہ دن میں لگائے تھے۔ پھر اُنگلی سے اُس کے مُنہ کے اندر لگائے ہوئے چھوٹے چھوٹے تیز نوکیلے دانتوں کو چھو کر دیکھا۔ ہاں واقعی چند قدم کی دوری پر ہر دیکھنے والے کو چیتے کا یہ بچہ ایسے نظر آئے گا، جیسے ابھی یہ اپنا داہنا پنجہ آگے بڑھائے گا اور جست لگا کر اِس اخروٹ کی تپائی سے کود پڑے گا۔

اُس لڑکی کو بھی دُکان کے باہر ایسا ہی نظر آیا ہوگا۔ جبھی تو وہ دُکان میں داخل ہو کر بے حد محتاط انداز میں، ڈرتے جھجکتے اِس تپائی کے پاس چلی گئی تھی۔۔ اور پھر اُس کے منہ سے ایک عجیب آواز نکلی تھی۔ جو نہ چیخ تھی، نہ کلمۂ حیرت تھا، نہ اظہارِ انبساط تھا۔ ایک عجیب سی آواز تھی جو شاید ہر بچے کے مُنہ سے نکلتی ہے، جب وہ پہلی بار سورج کو طلوع ہوتے دیکھتا ہے۔

پھر اُس لڑکی نے ڈرتے جھجکتے صمد جُو سے پوچھا تھا یہ بیچنے کے لئے ہے یا دُکان کی ڈیکوریشن کے لئے۔ اور صمد جُو نے منقش چم چماتے ہوئے پیتل کے حقّے کی نے مُنہ سے نکال کر کہا تھا۔

'بیچنے کے لئے'

لڑکی نے اُس کی قیمت پوچھی تھی، تو محمد جُو نے قیمت بتادی تھی۔ دو ہزار سات سو اسّی روپے! قیمت سُن کر لڑکی نے کوئی جواب نہ دیا تھا۔ صرف ایک جھجک کے ساتھ اُس چیتے کے بچے کی کمر پر ہاتھ پھیرا تھا اور دُکان سے باہر چلی گئی تھی۔

یہ کوئی گیارہ بجے کے قریب کی بات تھی۔ دو بجے دن کے وقت جب محمد جُو دکان کے اندرونی حصّے میں کھانا کھانے کی غرض سے جانے کی سوچ رہا تھا، تو یہ لڑکی پھر دُکان کے سامنے کھڑی ہو گئی تھی اور چند لمحوں تک ٹکٹکی باندھے چیتے کے بچے کی طرف دیکھ کر، جھجکتے ہوئے قدموں سے آگے نکل گئی تھی اور ابھی ابھی تھوڑی دیر پہلے یہ لڑکی تیسری بار دُکان کے سامنے سے گزر گئی تھی اور اُس کی نظریں اُس چیتے کے بچے پر جم کر رہ گئی تھیں۔ اُس کے لب تھرتھرائے تھے، لیکن کوئی آواز سُنائی نہ دی تھی۔

چیتے کے بچے کے بالوں میں بے خیالی سے اُنگلیاں پھیرتے پھیرتے محمد جُو کو ان تھرتھراتے ہونٹوں کا خیال آیا اور پھر خیالوں کی یہ روپہلی لکیر وقت کے پردوں کو چیرتی ہوئی دُور پیچھے چلی گئی۔ جب وہ اٹھارہ اُنیس برس کا نوجوان تھا، اور جب اُس کا آبائی مکان آگ کی نذر ہو کر خاکستر ہو گیا تھا، اُن دنوں ہر خوبصورت مکان دیکھ کر اُس کے ہونٹ اُسی طرح غیرارادی طور پر تھرتھرایا کرتے تھے۔ یا جب اُس نے پہلی بار ایک دُودھیا رنگ کی شیورلیٹ کار دیکھی تھی۔ یا جب اُس نے پلیڈیم ٹاکیز میں پہلی بار سلوچنا چٹرجی کو کسی فلم میں دیکھا تھا۔ کیسی تھرتھراہٹ تھی اس میں؟ کیوں اِن موقعوں پر اُس کے ہونٹ تھرتھراتے تھے؟ آج اتنے سارے سال گزرنے کے بعد بھی محمد جُو اپنے ہونٹوں کی اُس بے آواز تھرتھراہٹ کے معنی نہیں کھوج سکا۔ زمانہ بیت گیا تھا تب سے۔ آج نگر باغ میں محمد جُو کا شاندار مکان تھا۔ اُس کے گیرج میں دو موٹریں موجود تھیں۔ وہ ہر اتوار کو اپنے دونوں پوتوں ریاض اور اعجاز کو نگری بل میں گھنٹوں موٹر بوٹ کی سیر کراتا تھا۔ انھیں کبھی براڈوے میں، کبھی خیام میں، کبھی فردوس میں فلم دکھانے لے جاتا تھا۔ اور اُن کے معصوم سُرخ لبوں کی طرف دیکھتا رہتا تھا۔ کہیں کسی بے آواز تھرتھراہٹ کا سایہ تو نہیں ہے۔

اُس کا دل بھی کبھی کبھی پلیڈیم ٹاکیز میں فلم دیکھنے کے لیے مچلتا تھا۔ مگر اب اپنی اِس چاہت کو وہ ایک جہاندیدہ مسکراہٹ میں ٹال دیتا تھا۔ اب وہ اٹھارہ اُنیس برس کا صمد نہیں تھا۔ ستاون اٹھاون برس کا باوقار بزرگ تھا۔ حاجی صمد جُو نماز روزے کا پابند۔

اُس نے آخری بار چیتے کے بچے کی پیٹھ پر ہاتھ پھیرا اور آکر اپنی گدی پر بیٹھ گیا۔ اس چیتے کے بچے کو اُس نے پچھلے سال اپنے ہاتھوں سے تیار کیا تھا۔ حالانکہ یہ کام اب اُس کے دوسرے کاریگر اور ملازم کیا کرتے تھے۔ مگر نہ جانے کون سا لمحہ تھا وہ، جب اِس چھوٹی سی کھال کو دیکھ کر، اُس کے اندر چھپا ہوا فنکار جاگ پڑا تھا۔ اور۔ اور آج یہ لڑکی، جواب تک تین بار اُس کی دُکان کے چکر لگا چکی تھی، اُس کے فن کے آگے ہوش و حواس کھو بیٹھی تھی۔

صمد جُو نے حقے کی نے ہونٹوں میں دبالی اور ہلکے ہلکے دُھوئیں کے مرغولے چھوڑتے ہوئے اِس لڑکی کے بارے میں سوچنے لگا۔ دھان پان جسم، کمر کے نیچے تک لمبے بالوں کی دو چوٹیاں اٹھارہ اُنیس برس کی لگتی تھی ـــــ ہاں! اِس عمر میں کوئی حیران کن چیز دیکھ کر ہونٹ تھرتھراتے ہیں اور آواز نہیں نکلتی۔ بالکل جیسے اِس عمر میں اُس کے ساتھ ہوا کرتا تھا۔ بیچاری معصوم لڑکی! چاند کو ہتھیلی پر اُتارنے کی تمنّا۔ مگر جب ایک معمولی آئینہ بھی پاس نہ ہو، تو چاند کتنا دور لگتا ہے۔ نگاہ سے دُور، دسترس سے دُور، مگر خیالوں کے پاس! ہونٹوں کی بے آواز تھرتھراہٹ کے اریب قریب!

سوچتے سوچتے اچانک صمد جُو کو خیال آیا کہ شاید اِس لڑکی کے پاس اتنے پیسے ہی نہ ہوں کہ وہ اپنے خیالوں کے اِس چاند کو خرید سکے۔ کتنا عجیب سا لگتا ہے، جب دل ایک طرف کھینچتا ہو، مگر جیب دوسری جانب گھسیٹ کرلے جاتی ہو۔ محرومی ہے ـــ لاچاری ـــ؟ مجبوری ہے؟ ـــ آدمی کا اپنے آپ پر سے اعتبار ہی اُٹھ جاتا ہے ــــــــ یہ بہت بڑا گناہ ہے۔

صمد جو نے سامنے پڑی ہوئی پنسل اور کاغذ کا سہارا لیا۔ وہ حساب لگانے لگا۔ منافع نکال دو۔ بہت کچھ دے رکھا ہے اللہ پاک نے۔ محنت کی اُجرت بھی نفی کر دو۔ سب اُسی رَبِ جلیل کا فضل ہے۔ صرف لاگت کا حساب۔ کھال کی قیمت، دوسری چیزوں کی

قیمت جو استعمال کی گئی تھیں۔ بس۔ کُل ستّرہ سو اسّی روپے۔

دِل بدست آور کہ حجِ اکبر است۔

اس تیلی سی لڑکی کا دل، جو نہ جانے مُلک کے کس حصّے سے شاید پہلی بار کشمیر کی سیر کو آئی ہے، اِسے جب بھی کشمیر کی یاد آئے گی، تو چیتے کا یہ بچّہ اِس کی یادوں کے طاق پر ہمیشہ زقند بھرنے کے لئے تیار نظر آئے گا۔ اُسی لمحے وہ لڑکی پھر دُکان کے اندر داخل ہو گئی "کیا کر دوں، یہ ٹائیگر کب ہم کو بہت لائک کیا۔ پیسہ جاستی ہے۔ اپن کے پاس اتنا پیسہ نہیں ہے۔ بہت خرچہ ہے اِدھر کاسمیر میں ــــ کیا کر دوں ــــ یہ ٹائیگر کب ہم کو ایک دم کِل کر دیا۔ ہائے!"

صمد جو کے چہرے پر ایک البیلی سی مُسکراہٹ کھِل اُٹھی "معلوم ہے بی بی۔ سب سمجھ گیا ہوں۔ پر کوئی بات نہیں۔ ہم تم کو یہ ٹائیگر اب بالکل کاسٹ پرائس پر دے گا۔ ہم نے حساب لگایا ہے۔ خالی میٹریل کا کاسٹ ــــــ سمجھ گئی نا ــــ خالی ستّرہ سو اسّی روپے۔ تمہارا دل خوش ہو جائے گا، ہم سمجھیں گے ہمارا خدا خوش ہو گیا۔"

کیا بولا ــ؟ ایک تھاؤزنٹ کتنی ــــ باپ رے! ایک ہی بات میں ایک تھاؤزنٹ کتنی؟ اپن کو دیس میں بولا تھا، اُدھر سب چیٹ ہے ــــ سچ بولا تھا۔ پانچ سو روپے لینا تو بات کرو ـــ

آہستہ آہستہ صمد جو نے اِن لفظوں کو اپنے کانوں میں اُترتے سُنا۔ آہستہ آہستہ ہی اِن لفظوں کی تلخی اُس نے اپنے اندر بہت اندر اُترتے محسوس کی، اُس نے حیران حیران سی نگاہوں سے اُس دھان پان سی لڑکی کے چہرے کی طرف دیکھا۔ پانچ سو روپیہ لینا تو بات کرو۔ اِدھر سب چیٹ ہے۔ پہلے جاستی دام بولتا ہے۔ پھر ہگلنگ کرتا ہے۔ پھر بہت کتّی میں بیچتا ہے۔ صمد جو نے کچھ کہنا چاہا، اُس کے ہونٹ تھرتھرائے، مگر کوئی آواز نہ نکل سکی۔ میرے خدا! یہ ہونٹوں کی خاموش تھرتھراہٹ۔ اتنے برسوں کے بعد؟

اُس نے دھیرے سے کاغذ کا وہ پُرزہ اُٹھایا، جس پر اُس نے ابھی

تھوڑی دیر پہلے حساب لگایا تھا۔ بے خیالی میں اُس نے اِس کاغذ کے پُرزے پُرزے کئے اور پھر اچانک اُسے محسوس ہوا، جیسے یہ چیتے کا بچہ ایک ہی جست لگا کے اُس کے سینے پر سوار ہو گیا اور اپنے تیز نوکیلے دانت اُس کی شہ رگ میں پیوست کر دیئے۔

★★★

پُل تھمی صوفی کے گدھ

جہلم کے کنارے، زیرو برج کے اِس پار، بنڈ کے پاس چند بوڑھے چناروں کا قافلہ ایستادہ ہے۔ اِنہی چناروں کی اُونچی پھنگوں پر سالہا سال سے، گدھوں کا ایک خاندان آباد ہے۔ کہتے ہیں، یہ گدھ جب رات کو روتے ہیں، تو پاس ہی سری نگر کلب کی خواب آگیں فضا میں آسیبی سائے منڈلانے لگتے ہیں۔ بظاہر یہ کوئی تشویشناک بات نہیں ہے۔ لیکن اتفاق کہیے یا شومئ تقدیر، کہ کلب کی عمارت سے کچھ ہی دُور بنڈ کے نشیب میں، جہلم کی چھاتی پر ایک ٹوٹی پھوٹی کشتی بھی سالہا سال سے لنگر انداز ہے، اور جہلم کی روانی کے ساتھ ساتھ محوِ حرکت ہے۔ اسی کشتی کے ایک سرے پر ایک بوڑھا ملاح، اپنی سوکھی ٹانگوں میں کانگڑی دبائے اُونگھتا رہتا ہے۔

مسلسل کانگڑی تاپتے تاپتے اِس بوڑھے ملاح کی ٹانگوں اور جانگھوں پر ہلکے لال رنگ کی پپڑیاں جم گئی ہیں۔ اور ان کی طرف دیکھ کر لگتا ہے جیسے ان گنت زخموں پر وقت کے بے رحم کالے ہاتھوں کی اُنگلیوں کے نشان ثبت ہوں۔

کلب کی عمارت کی ایک کھڑکی میں ایک بہت پُرانی دُوربین نصب ہے، جسے

کلب کے ارکان تفریح طبع کے لئے کبھی کبھی استعمال کرتے ہیں۔ چنانچہ اس دُور بین کے احاطے میں کبھی کبھی یہ بوڑھا ملاح بھی چلا آتا ہے۔

روایت ہے کہ چند سال پہلے کسی انگریز نے بھی اِس دُور بین سے بوڑھے ملاح کی ٹانگوں کے ان گدلے نشانات کو دیکھا تھا۔ اور ایک میڈیکل پیپر تحریر کیا تھا۔ کانگڑی اور کینسر۔ اِس مضمون نے طبی دنیا میں ایک ہلچل مچائی تھی۔ کہتے ہیں اُس رات چناروں کی اُونچی پھنگوں پر بسنے والے گدھوں کا خاندان رات بھر رو رہا تھا اور سری نگر کی کلب کی راہداریوں میں آسیب اُچھلتے کودتے رہے تھے۔

یہ گدھ اِن چناروں کی شاخوں میں کسی اجنبی گدھ کا گزر کبھی نہیں ہونے دیتے۔ بظاہر دن بھر ایک دوسرے کو چونچیں مارتے دکھائی دیتے ہیں اور اس قدر شور برپا کر دیتے ہیں، کہ بنڈ پر چہل قدمی کرنے والے ملکی اور غیر ملکی سیاح لوٹ جاتے ہیں۔ مگر جونہی کوئی اجنبی گدھ غلطی سے اس طرف نکل آتا ہے، تو یہ سب کے سب اُس پر ٹوٹ پڑتے ہیں اور اُسے لہو لہان کر دیتے ہیں۔ وقت کے اوراق پر درج ہے کہ ایسے کئی اجنبی گدھ، بوڑھے اور جوان، نر اور مادہ وقتاً فوقتاً جاں بحق ہو گئے ہیں۔

سری نگر کلب کی وقت زدہ راہداریوں میں، گدھوں کی اِس اجارہ داری پر کبھی کوئی رائے زنی نہیں ہوتی ہے۔ نہ کلب کی وزیٹرس بک میں اِن گدھوں کے بارے میں کسی نے کوئی جملہ تحریر کیا ہے۔ آدمی بھلا گدھوں کے بارے میں کیا تحریر کرے۔ مُردار کھانے والے بے ہنگم صدائیں بلند کرنے والے، ایک دوسرے کی چونچ سے نوالہ چھیننے والے کریہہ پرندے! جانے اِن سربلند، باحشمت، پُر وقار، پُر شکوہ چناروں کا پٹہ ان کو کس نے دیا تھا۔

ہاں! وہ کشتی والی بات بیچ میں ہی کٹ گئی۔ اور اُس بوڑھے ملاح کی، جو اس بوسیدہ کشتی کے سرے پر ٹانگوں میں کانگڑی دبائے اونگھتا رہتا ہے۔ اس خواب آگیں گرد و نواح میں اِس بوڑھے ملاح کی حیثیت تیسرے درجے کی ہے۔ کیونکہ اس کے کردار میں نہ سری نگر کلب کے اراکین کی شوخی، تمکنت، امارت، ذہانت اور حرارت ہے اور نہ ہی چنار کے چھتناروں میں رہتے بستے گدھوں کی چھینا جھپٹی، بے قراری، مکاری، اجارہ داری اور عیاری ہے۔ نامراد

سارا سارا دن اپنی بوسیدہ کشتی کے سرے پر بیٹھا اونگھتا رہتا ہے۔ کلب کی کھڑکی میں نصب پُرانی دُوربین سے دیکھنے پر کبھی کبھی مُردہ نظر آتا ہے۔ مگر اس دُوربین کا کیا بھروسہ۔ یہ بھی تو اب بوڑھی ہو گئی ہے۔

چلئے منہ کا ذائقہ بدلنے کے لئے اِس دُوربین کا زاویہ بدل دیں۔ اور اس بوڑھے ملاح کی آنکھوں سے گرد و نواح کا جائزہ لیں۔ ہے تو انہونی سی بات۔ مگر کیا کیجئے، حالات نے انہونی کو اہمیت بخشی ہے۔ اب دیکھئے نا مسٹر جاوید کا چرس بھرا وہ سوٹ کیس اگر پہلے ہی سفر میں پکڑا جاتا، تو وہ صرف دس ماہ کے اندر لکھ پتی نہیں بن جاتا۔ آج کی شام وہ کلب کے کارڈ روم میں ابھی تک ستر ہزار روپے ہار چکا ہے۔ اور باہر اس کی فوکس ویگن میں بیٹھا ہوا ڈرائیور اپنے بدن سے موبل آئل پونچھ رہا ہے۔ جی نہیں۔ یہ عام اِصطلاح والا موبل آئل نہیں ہے۔ کچھ پسینہ، کچھ ولایتی عطر کا خمار، کچھ لپ اسٹک کی سُرخی، کچھ تیز سانسوں کا زیر و بم۔ اس موبل آئل کی کیمسٹری کچھ اور ہے۔ کالج کے زمانے میں مسز جاوید کا پسندیدہ مضمون کیمسٹری ہی تو تھا۔

مسٹر جاوید کے پارٹنروں میں، ایک ڈاکٹر ہے، جس کے بارے میں اب بھی زیرِ لب کہا جا رہا ہے، کہ وہ موجودہ اعلیٰ عہدے پر اپنی دلکش اور دل نواز سالی کے اثر و رسوخ سے، فائز ہوا ہے۔ ڈاکٹر آج دھڑا دھڑ نوٹ جیتتے جا رہا ہے۔ مگر جس رفتار سے وہ جیت رہا ہے، اُسی رفتار سے اس کی بیوی دوسرے ٹیبل پر ہار رہی ہے۔ اس ٹیبل پر سائیکالوجی کا سایہ ہے۔ بھلا ہو سردارنی جسونت کور کا۔ سائیکالوجی کی اتنی ماہر ہے کہ اُس کی نوٹ بک میں درج ٹیلی فون کے نمبر بولتے ہیں، ناچتے ہیں، گاتے ہیں، روتے ہیں۔ ماہروں کا کہنا ہے یہ ٹیلی فون نمبر زیادہ تر روتے ہی دیکھے گئے ہیں۔ پر رونے رُلانے کا کھیل تو پنڈت سردانند کا من پسند کھیل ہے۔ واقف کار حلقوں کا کہنا ہے، سردانند گھٹی چیز ہے۔ مگر تہذیب یافتہ زبان اس لفظ کو استعمال کرنے کی اجازت نہیں دیتی۔ پنڈت سردانند کے بے شمار رشتہ دار ہیں، دوست ہیں، واقف کار ہیں، مہربان ہیں۔ آج کے زمانے میں ترقی اور خوشحالی جہاں روپے پیسے سے، چاپلوسی سے، اثر و رسوخ سے حاصل ہوتی ہے، وہاں اِن مرحلوں میں سفارش کا

مرحلہ بھی شامل ہے۔ سردانند سفارش حاصل کرنے میں ماہر ہے۔ چنانچہ ضمانت دلوانے، میڈیکل سیٹ دلوانے، گاڑی کا پرمٹ دلوانے، شراب کی دکان کا لائسنس دلوانے میں اس نے پبلک کی بہت خدمت کی ہے، نیک بندے کو منسٹر ہونا چاہیئے تھا۔ نہیں بن سکا ہے۔ شاید صرف اتنی کوالیفکیشن کافی نہیں تھی۔ البتہ اُس بیوقوف لڑکی کی کوالیفکیشن کافی تھی۔ بھلا سا نام تھا اُس کا۔ آشا یعنی اُمید۔ اُمید؟ کس بات کی اُمید؟ کیسا انوکھا سا لفظ ایجاد کیا ہے تہذیب نے۔ اُمید۔ جانے کتنے معصوم، بے چہرہ، بےبس، سفارش بے رشوت، بے رسوخ، بے دولت، بے شفقت، بے گناہ، بے ضرورت لوگ اس لفظ کا تار تار دامن تھامے اپنی زندگیاں سولی پر لٹکائے منتظر ہیں۔

آشا نام کی لڑکی بھی منتظر تھی۔ اچانک ایک دن قسمت کی اندھی اور بہری دیوی اُس پر مہربان ہو گئی، اور اُسے سردانند مل گیا۔ یا سردانند کو وہ مل گئی۔ چنانچہ سردانند کی خدمت خلق کی فیکٹری چالو ہو گئی۔ آشا کو اسکول ٹیچر کی ملازمت کا پروانہ مل گیا۔ پروانہ حفیظ اللہ کے پاس تھا۔ سفارش سردانند کے پاس تھی اور پاکدامنی کا دوپٹہ آشا کے پاس تھا۔ چنانچہ اُس رات اِس دوپٹے کو خوب خوب ہوا میں لہرایا گیا۔ دوسرے دن پوسٹ مارٹم کرنیوالی ٹیم کو وہ نوکری کا پروانہ آشا کی بند مٹھی میں ملا تھا۔ نادان لڑکی نے وہ ایسڈ کی شیشی پی ڈالی تھی، جو اس کی ماں سوئیٹر رنگنے کے لئے لائی تھی۔

یہ رنگ سازی کا فن بھی اب ترقی یافتہ معاشرے کا لازمی جز بن گیا ہے۔ چہرہ رنگیے، کیرکٹر رنگیے، لیاقت رنگیے، کردار رنگیے، ضمیر رنگیے۔ حتیٰ کہ گناہ بھی رنگے جاسکتے ہیں۔ ماہر رنگساز کا ملنا شرط ہے۔ مکندلال شرما اس فن کے ماہر ہیں۔ کلب کے اہم رکن ہیں۔ فن کا کمال ایسا کہ نثر والی کو رنگوں کی نوک پلک سے درست کر کے شاعر بنا دیتے ہیں۔ جاتو دھاری لفنگے کو رنگوں کی بھول بھلیوں سے گزار کر لیڈر بنا دیتے ہیں۔ سات پشتوں سے سبزی بیچنے کا دھندا کرنے والے کو رنگوں کی تہوں میں چھپا کر انٹلکچول بنا کر پیش کرتے ہیں۔ دولت کی تہذیب کا ایک مرحلہ یہ بھی ہوتا ہے کہ جو کچھ دولت سے خریدا جاسکے، خرید لو، اچھا گھر، اچھا خاندان، اچھا کردار، اچھی امیج، اچھے پبلک ریلیشنز۔ دلال تو ہر قماش کے مل ہی جاتے ہیں کسی دستکار

ہونا ضروری نہیں ہے۔

دُوربین کا زاویہ تبدیل کر کے کتنی بڑی غلطی ہوگئی۔ اب اس دلدل سے بچ کر کیسے نکلا جائے۔ مگر اس غلطی میں آپ بھی اُتنے ہی شریک ہیں، جتنا میں ہوں۔ آپ بھی دلدل میں اُتر گئے ہیں۔ میں بھی اُتر گیا ہوں۔

کشتی کے سرے پر بیٹھے ہوئے اس بوڑھے ملاح کا وجود بھی ایسا ہے۔ خواہ مخواہ گزرے ہوئے وقت کی یاد دلاتا ہے۔ ان لوگوں کی جو اچھے تھے۔ اُن رشتوں کی جو خوشبودار تھے۔ اُن آدمیوں کی جو انسان تھے۔ اُن غم گساروں کی جن کی پلکوں پر آنسو لرزا کرتے تھے۔ اب یہ صرف شور مچاتے، لڑتے جھگڑتے، چھینا جھپٹی کرتے گدھ رہ گئے ہیں جنھوں نے اِن باوقار چناروں کا پتہ نہ جانے کہاں سے اور کیونکر حاصل کیا ہے۔ یا پھر سری نگر کلب کی پُراسرار راہداریوں میں دبے پاؤں چلنے والے یہ ہیولے۔ کہیں ـــ ایسا تو نہیں کہ سب آدمی بہت پہلے مر گئے ہیں، اور اب صرف آسیب باقی رہ گئے ہیں۔ جن کا نہ کوئی ضمیر ہے، نہ کوئی محبت ہے، نہ کوئی رشتہ ہے، نہ کوئی شرمندگی ہے، نہ کوئی مُروت ہے، نہ کوئی سخاوت ہے، نہ کوئی رحم ہے نہ کوئی زندگی ہے۔

زندگی ـــ؟ یہ لفظ کہاں سے گھس آیا اِس تحریر میں؟ ضرور کسی دوسرے سیارے سے آیا ہوگا۔ کیا میں بھی کسی دوسرے سیارے سے آیا ہوں۔؟ شاید۔ جبھی یہ اجنبیت کا احساس بار بار میرے بہت اندر کہیں سر اُٹھا رہا ہے۔ مگر نہیں یہ کیسے ہو سکتا ہے۔ میرے سامنے، میرے آگے پیچھے، میرے اریب قریب ROBOTS نہیں ہیں۔ گوشت پوست کے بنے ہوئے انسان ہیں، جو دیکھتے ہیں، سنتے ہیں، محسوس کرتے ہیں۔ کبھی رو بھی اُٹھتے ہیں ـــ پھر ـــ؟ پھر یہ کیفیت کیوں؟ یہ گدھوں کا شور، یہ پُراسرار ہیولے، یہ ہیبتناک مناظر۔ یہ دل خراش وقوع۔ یہ سب کیا ہے؟ کس سے پوچھوں؟ کون بتائے گا مجھے؟

ہٹا دو اس وقت زدہ دُوربین کو۔ مجھے اپنی آنکھوں سے دیکھنے دو۔ اے بوڑھے ملاح! خدا کے لئے تم کچھ بولو۔ مگر تم کچھ نہیں بولو گے۔ تمہیں صرف دیکھا جا سکتا ہے۔ تم سے گفتگو نہیں ہو سکتی۔ تم تو فقط ماضی ہو۔ یہ ـــ یہ آواز؟ یہ کیسی آواز تھی؟ یہ زمین کیوں ہلنے

لگی ہے ؟ یہ تیز ہوائیں ؟ طوفان کیسی گھن گرج۔ نہ بادل ہیں، نہ بارش ہے، مگر طوفان گرج رہا ہے۔ گدھ ناچ رہے ہیں۔ چنار کی شاخیں اُلجھ رہی ہیں۔ یہ کیا ؟ کلب کی چھت ہی اُڑ گئی۔ سب کچھ ننگا ہو گیا۔ گدھ چیخ رہے ہیں۔ مردار کھانے والے، بے ہنگم صدائیں بلند کرنے والے، ایک دوسرے کی چونچ سے نوالہ چھیننے والے، کریہہ واہیات سے پرندے چیخ رہے ہیں، جھپٹ رہے ہیں۔ لڑ رہے ہیں۔ ایک دوسرے کو لہو لہان کر رہے ہیں۔ میں یہ سب نہیں دیکھ سکتا۔ میں بندوق لے اُٹھتا ہوں۔ کلب کی دیواروں پر کئی بندوقیں آویزاں ہیں۔ میں اِن گدھوں کو ہمیشہ ہمیشہ کے لئے خاموش کر دوں گا۔ مگر ۔۔۔ یہ قہقہہ ؟ ۔۔۔ کون ۔۔۔ کس کا قہقہہ تھا یہ ۔۔۔ ؟ بوڑھے ملاح ! تم ۔۔۔ مگر تم تو ماضی ہو۔ تمہیں تو صرف دیکھا جا سکتا ہے ۔۔۔ یہ قہقہہ ۔۔۔ کیسے ؟

قہقہہ میرا نہیں ہے، تمہارا اپنا ہے میرے بچے۔ مجھے دیکھ کر تمہارے اپنے شعور نے اِس قہقہے کو جنم دیا ہے۔ یہ قہقہہ تمہارے ہی ہونٹوں سے پھوٹ پڑا ہے۔

تم ذرا رُک جاؤ بوڑھے ملاح۔ پہلے مجھے اِن گدھوں کو خاموش کرنے دو۔

تم ایسا نہیں کر سکتے میرے بچے۔ تم اِس تصویر کو گولی نہیں مار سکتے۔

کیوں ۔۔۔ ؟ کیوں بابا ۔۔۔ ؟

کیونکہ یہ تمہارا کل ہے، جسے تم نے اپنے آج سے تعمیر کیا ہے۔

کیا کہہ رہے ہو تم ۔۔۔ ؟ میں نے ؟ ۔ میں نے تعمیر کیا ہے اِس تصویر کو ؟ اپنے آج سے ؟

تم سٹھیا گئے ہو۔ تم خاموش ہی رہو تو اچھا ہے۔

میں تو صدیوں سے خاموش ہوں۔ مگر تم زبان رکھتے ہوتے بھی اپنی اولاد کو اور اپنی آنے والی نسلوں کو کیا جواب دو گے ؟

میں کھلکھلا کر ہنس پڑتا ہوں۔ جواب ؟ ۔۔۔ کئی جواب ہیں میرے پاس۔ میرے پاس ترقی ہے۔ کمپیوٹر ہے۔ منگل اور جوپیٹر کا پاسپورٹ ہے۔ ہائیڈروجن بم اور رشوت ہے۔ میکانیکی خدمتگار ہے۔ مصنوعی دل اور گردے ہیں۔ پلاسٹک کا گلاب اور اصلی کینسر ہے۔ جواب ہی جواب ہیں میرے پاس۔

طوفان ختم ہو چکا ہے۔ دُور دُور تک رات کے سائے گھر آئے ہیں۔ صرف سری نگر کلب کی کھڑکیوں سے روشنی کی لکیریں چھن چھن کر باہر آ رہی ہیں۔ باہر برف گر رہی ہے اور آس پاس قریب کی تمام چیزیں برف کی تہوں میں چھپتی جا رہی ہیں۔ میں اس باوقار اور پُرحشمت چنار کی ایک پھننگ پر بیٹھا ہوں۔ میرے پروں پر برف دھیرے دھیرے جمع ہوتی جا رہی ہے۔ نیچے جہلم کی سطح پر ڈولتی ہوئی اُس بڑی سی، دقت زدہ سی، بوسیدہ سی کشتی کے سرے پر وہ بوڑھا ملاح حسبِ معمول بیٹھا اُونگھ رہا ہے۔ اُس رات کے بعد یہ پھر کبھی نہیں بولا۔

اُس رات جب میں ابھی انسان کی شکل میں تھا، بول سکتا تھا لیکن میں نہیں بولا۔ میں نے بندوق اپنی کنپٹی سے لگا کر ٹریگر دبا دیا تھا کیونکہ مجھے احساس ہو گیا تھا کہ میں اپنی اولاد کو اور اپنی آنے والی نسلوں کو کوئی جواب نہیں دے سکوں گا۔

اب میں گدھ بن کر اس چنار کی پھننگ پر بیٹھا آپ کی اولاد کے سوال کا انتظار کر رہا ہوں۔

بے خواب دریچے

ایک پل کے لئے ایسا لگا جیسے روشنی کی ایک تیز کرن آکر میرے سینے میں اُتر گئی۔ ایک لمحے کے لئے میری آنکھیں خیرہ ہو گئیں۔ آس پاس کی ہر چیز نظر سے اوجھل ہو گئی۔ فقط تیز چمکدار روشنی اور بس۔ نہ کوئی مکان، نہ درخت، نہ پرندے، نہ بجلی کی تاریں۔ کہتے ہیں یہی اندھیرا ہر چیز کو چھپا دیتا ہے۔ پر تیز، چکا چوند کرنے والی روشنی بھی تو ہر چیز کو چھپا دیتی ہے۔ اندھیرا سیاہ دبیز چادر میں اور روشنی چمکدار، چندھیا دینے والے حریری پردے ہیں۔ کہیں یہ سب انسان کی اپنی نظر کا دھوکہ تو نہیں؟

میرے مکان کے سامنے گلی میں بجلی کی بہت سی تاریں پھیلی ہوئی ہیں۔ اور ان تاروں میں اٹکی ہوئی پتنگیں، کپڑے کی دھجیاں، دھاگے کے ٹکڑے۔ ایک پرندے کی لاش بھی ایک تار سے لٹک رہی ہے۔ نہ جانے یہ پرندہ کب مرا تھا۔ مگر ابھی تک تار کو پکڑ کر لٹک رہا ہے۔ کئی دنوں سے میں اس پرندے کی لٹکتی ہوئی لاش کو دیکھ رہا ہوں۔

پہلے دن جب میں نے اسے دیکھا تو میں نے کراہیت سے نظریں پھیر لیں۔ دوسرے

دن جب میری نظر اس پر پڑی تو میرے دل میں ایک ہوک سی اٹھی۔ صرف ایک لمحے کے لئے۔ تیسرے دن جب میں نے اس کی طرف دیکھا تو میرے سارے سراپا میں ایک سنسنی سی لہر دوڑ گئی۔ اس دن میں نے صبح کا کھانا نہیں کھایا۔ چوتھے دن میں نے ہچکچاتے ہوئے کھڑکی کھول دی۔ سامنے تار سے پرندے کی لاش بدستور لٹک رہی تھی۔ میں دیر تک اس کی طرف دیکھتا رہا۔ دیکھتا رہا اور سوچتا رہا۔ نہ جانے کتنی بار میں نے اس پرندے کا گانا سنا ہوگا۔ کتنی بار میں نے اسے اپنے آنگن میں پھدکتے دیکھا ہوگا۔ کتنی بار میں نے اسے اپنے آنگن میں اونچی نیچی اڑانیں بھرتے دیکھا ہوگا۔ دیکھتے دیکھتے اور سوچتے سوچتے میری آنکھیں بھر آئیں۔ میں نے آہستہ سے کھڑکی بند کر دی اور بستر پر آنکھیں بند کر کے پڑا رہا۔ دل پر ایک ان جانا سا بوجھ محسوس کرتا رہا۔ اس رات مجھے تیز بخار آیا۔ رات بھر بخار میں تپتا رہا۔ حتیٰ کہ صبح ہو گئی۔ مگر بستر سے اٹھنے کی سکت نہ رہی اور نو بجے جانکی آگئی۔

ادھر کئی دنوں سے میں نے اپنا ناشتہ خود ہی تیار کرنا شروع کیا تھا۔ چنانچہ ناشتے کے ساتھ ساتھ جانکی کو بھی آنا پڑا تھا۔ برتن صاف کرنے۔ جانکی کوئی پیشہ ور برتن صاف کرنے والی نہیں ہے۔ بلکہ نیچے گلی میں تازہ پھلوں کی دکان کرتی ہے۔ دکان تو دراصل اس کے باپ کی تھی۔ مگر ایک رات جب وہ حسبِ معمول دیسی شراب کے نشے میں گھر میں داخل ہوا، تو پتہ چلا کہ نشہ کچھ زیادہ ہی تیکھا ثابت ہونے لگا ہے، رات بھر وہ نشے کے اسی تیکھے پن میں تڑپتا رہا اور صبح ہوتے ہوتے اتنا مست ہو گیا کہ اسے اٹھا کر چتا پر لٹانا پڑا۔ جانکی پر پہاڑ ٹوٹ پڑا۔ مگر اس پہاڑ کے نیچے دب کر مر جانے کی بجائے، اس نے طاق پر سے دکان کی چابی اٹھائی اور گھر سے باہر آگئی۔

بہر حال۔ جب میں نے اس سے اپنا ناشتہ خود ہی تیار کرنے کی بات کہی، تو اس نے پیش کش کر دی کہ برتن میں صاف کیا کروں گی۔ میں اس کی اس پیشکش کو ہنسی میں ٹال گیا۔

دوسرے دن اس کا اصرار بڑھ گیا۔ میں نے کہا ایسا ہونا ناممکن ہے۔

کیوں ناممکن ہے؟

کیونکہ میں اکیلا رہتا ہوں، اور کسی ایسے گھر میں، جہاں کوئی عورت نہ رہتی ہو،

تمہارا آنا جانا مناسب نہیں ہے۔

کیوں مناسب نہیں ہے؟

بس کہہ دیا مناسب نہیں ہے ؟

تم نے کہہ دیا اور ہو گئی بات ختم ؟

ضد نہیں کرو جانکی۔ تم نہیں جانتی۔ یہ معاملہ ٹھیک نہیں بیٹھے گا۔

میری بات سُنکر وہ کھلکھلا کر ہنس پڑی۔ ہنستے ہنستے دوہری ہو گئی۔ مجھے غصہ آگیا۔ اس میں ہنسنے کی کیا بات ہے؟ میں نے غصہ سے کہا۔ تم شاید بات اس لئے کہہ رہے ہو کہ میں عورت ہوں ــــ اسی لئے کہہ رہا ہوں۔ غلط تو نہیں کہہ رہا ــــ یہ کہہ کر میں جانے لگا۔ اُس نے پیچھے سے آواز دی۔

ٹھہرو، جاتے کہاں ہو۔ کل صبح نو بجے میں آجاؤں گی۔

اور دوسرے دن ٹھیک نو بجے وہ آگئی۔ میں اُس کے آنے سے بہت پریشان سا ہو گیا۔ اس لئے نہیں کہ دنیا کیا کہے گی۔ بلکہ اس لئے کہ جانکی بے حد خوبصورت ہے۔ ایسی خوبصورتی دل میں ہراس جگاتی ہے۔ شاید اسی خوبصورتی کا کرشمہ ہے کہ جانکی کے ہر طرح کے پھل، تازہ پھل، باسی پھل، نیم سڑے ہوئے پھل، لوگ ہاتھوں ہاتھ لے جاتے ہیں۔ زیادہ دام دے کر لے جاتے ہیں۔ بلا ضرورت بھی لے جاتے ہیں۔ کیونکہ اِن میں جانکی کی مسحور کُن مسکراہٹ بھی شامل ہوتی ہے۔ جانکی کو اس بات کا علم ہے، اور وہ سودے کے وزن کے مطابق اس میں اپنی مسکراہٹ کی چاشنی شامل کر دیتی ہے۔

ایک کلو گرام سیب کے ساتھ ہلکی سی شریر قسم کی مُسکان۔ دو درجن سنگترں کے ساتھ زیرِ لب دھیمی سی مسکراہٹ۔

چار درجن کیلوں کے ساتھ ہونٹوں کے کونوں پر ہنسی کا دبا دبا سا پرتو دو کیلو گرام ناشپاتیوں کے ساتھ چنچل مسکراہٹ، جو نازک لبوں کے ایک کونے سے نمودار ہو کر دوسرے کونے تک پہنچنے سے پہلے ہی تھم جاتی ہے۔

میں اِن حرامیوں کے لچھن جانتی ہوں۔ ایک دن اُس نے غصہ سے کہا۔

بکو مت۔ جن کو تم گالی دے رہی ہو، اُن میں، میں بھی شامل ہوں۔

نا۔ تم اُن میں شامل نہیں ہو۔

کیوں؟

اس لئے کہ تم نے آج تک کبھی مجھ سے پھل نہیں خریدے ہیں۔ تم نے آج تک مجھے کبھی اُن نظروں سے نہیں ناپا ہے، جو اُبید اور ہوس کے دوراہے پر بھٹک گئی ہوں۔

ارے! تم نے تو مجھے آج تک کبھی آنکھ بھر کے دیکھا بھی نہیں ہے۔

مجھے ہنسی آگئی۔ بہت ہنسی آئی۔

ہنس رہے ہو؟ اس تمہاری ہنسی نے مجھے کاٹ کے رکھ دیا ہے۔ اُس نے کہا اور غصے میں چھری اُٹھا کر سامنے پڑے ہوئے خربوزے کو دو ٹکڑوں میں تقسیم کر دیا۔ مجھے لگا جیسے اُس نے اپنے کسی ارمان کو کاٹ کے رکھ دیا ہو۔ رات بھر مجھے خواب میں چھریاں اور خربوزے نظر آئے۔ طرح طرح کی چھریاں اور خربوزے۔ اور میں نیند میں چونک چونک اُٹھا۔ ہاں تو، میں کہہ رہا تھا جانکی بے پناہ خوبصورت ہے۔ سات پشتیں ریشم کے مہین تار نکالتی ہیں، تب جا کر ایسے بال حاصل ہوتے ہیں۔ سات پشتیں دودھ بلوہ کر مکھن نکالتی ہیں، تب جا کر بدن میں یہ نرمی، یہ لوچ، یہ رنگ پیدا ہوتا ہے۔ سات پشتیں چندن اور زعفران گھوٹتی ہیں، تب جا کر تنفس میں یہ خوشبو پیدا ہوتی ہے۔ چنانچہ رات بھر تڑپنے کے بعد دوسرے دن سویرے میں جانکی کی دُکان پر جا پہنچا۔ کل تم ناراض ہو گئیں۔ میں رات بھر سوچتا رہا۔ میں نے کہنا شروع کیا۔ مگر اُس نے مجھے ٹوک کر کہا۔

ٹھہرو۔ آگے کچھ مت بولنا۔

مگر تم بات تو پوری سُنو جانکی۔

نہیں۔ میں نے سُن لیا، جو کچھ مجھے سُننا تھا۔ آگے تم کیا کہو گے، یہی نا کہ جانکی معاف کر دو۔ یہی کہو گے نا؟ مگر تمہاری زبان سے یہ جملہ ادا ہو جاتا، تو میں تمہیں زندگی بھر معاف نہیں کرتی۔ اور میری دُکان تباہ و برباد ہو جاتی۔

دُکان کا اس بات سے کیا واسطہ؟ میں نے حیرت سے پوچھا۔

کیونکہ میں پھر کبھی مُسکرا نہ سکتی۔

میں ایک لُٹے ہوئے بھکاری کی طرح حیران و پریشان واپس آگیا۔

مگر یہ تو بہت دنوں کی بات ہے۔ رفتہ رفتہ جانکی نے پھولوں کے ساتھ مسکراہٹ بیچنا بند کر دیا۔ پھر گلے پھل بیچنا بھی بند کر دیئے۔ ایک دن میں نے پوچھ ہی لیا سُنا ہے آج کل تم بہت کم مُسکراتی ہو، ایسا کیوں جانکی؟

تم سے کس نے کہا؟

سبھی کہتے ہیں۔ بات کیا ہے آخر؟

کافی دیر تک اُس نے کوئی جواب نہیں دیا۔ دُور کسی غیر مرئی نکتے پر نظریں جمائے دنیا و مافیہا سے بے خبر ہو گئی۔ دیکھتے ہی دیکھتے اُس کی آنکھیں بھیگ گئیں۔ پھر اُس نے بھیگی آنکھوں سے میری طرف دیکھ کر کہا۔

میری مسکراہٹ کھو گئی بابو

میں نے یہ نہیں پوچھا، کہاں کھو گئی، کیوں کھو گئی، مگر لوگ ایک دوسرے سے پوچھنے لگے، یہ جانکی کو کیا ہو گیا ہے یار، وہ نہ ہنسی نہ ٹھٹھا۔ اب تو پھل بھی بے ذائقہ اور بے رس لگنے لگے ہیں۔ پھر پتہ چلا صبح سویرے مندر جانے لگی ہے۔ تو گویا جانکی کو بھگوان کے سہارے کی ضرورت محسوس ہو گئی ہے۔ مگر کیوں؟

ایک دن جب میں اُس کی دُکان کے سامنے سے گزر رہا تھا، تو اُس نے ہاتھ کے اشارے سے پاس آنے کو کہا۔

کیا بات ہے جانکی؟ میں نے ڈرتے جھجکتے پوچھا۔ اُس نے پلکوں کی چلمن اُٹھا کر ایک بھرپور نظر مجھ پر ڈالی۔ ایک بات بتاؤ بابو۔ کیا تم سمجھتے ہو کہ میں بھی گھر بسا سکوں گی؟

کیوں نہیں بسا سکو گی۔

بس یہی پوچھنا تھا۔ اُس نے کہا اور دھیرے دھیرے سے مُسکرائی۔

ہاں تو جیسا کہ میں کہہ رہا تھا۔جانکی نو بجے آگئی۔ مجھے بستر پر پڑا دیکھ کر وہ پہلے چونکی۔ پھر اس کے چہرے پر کئی رنگ آکر خلط ملط ہو گئے۔ پھر اُس نے ایک ہی جست میں میری چارپائی کے قریب آنے کی کوشش کی۔ مگر کمرے کے بیچ میں یکلخت رُک گئی۔

ابھی تک سو رہے ہو۔شرم نہیں آتی۔ اُس نے ہچکچاتے ہوئے پوچھا۔

بیمار ہوں جانکی۔میں نے بجھی بجھی سی آواز میں جواب دیا۔

بیمار ہو؟ یہ ایک دم بیمار کیسے ہو گئے؟

کیسی بے ہودہ باتیں کر رہی ہو۔ آدمی منصوبہ باندھ کے تو بیمار نہیں ہوا کرتا۔

کیا بیماری ہے؟

بخار میں تپ رہا ہوں۔

ایک لمحے کے لئے وہ جیسے کشمکش میں پڑ گئی۔ دوسرے لمحے اُس نے میری چارپائی کے پاس آکر اپنا لرزتا کانپتا ہاتھ میری پیشانی پر رکھ دیا۔ ہائے! کس قدر ٹھنڈا ہاتھ تھا۔

کھڑکیاں دروازے کیوں بند رکھے ہیں۔ اُس نے قدرے غصے سے کہا اور کھڑکیاں کھولنے لگی۔

کیا کر رہی ہو جانکی مت کھولو یہ کھڑکی۔

کیوں؟

کہہ دیا نا یہ کھڑکی مت کھولو۔

مگر کیوں۔ ۔؟ کیا ہے اس کھڑکی کے باہر؟۔ اتنا حبس ہے کمرے میں ۔۔ یہاں تو اچھے بھلے آدمی کو بخار آجائے گا۔

اُس نے کھڑکی کھول دی۔ پل کے لئے ایسا لگا جیسے روشنی کی ایک تیز کرن آکر میرے سینے میں اُتر گئی۔ ایک لمحے کے لئے آس پاس کی ہر چیز نظر سے اوجھل ہو گئی۔ دوسرے لمحے میری نگاہیں تار سے لٹکتی ہوئی پرندے کی لاش پر جم گئیں۔ جانکی نے میری نگاہوں کا سکوت دیکھ کر کھڑکی سے باہر جھانکا۔ سامنے تار سے لٹکی ہوئی پرندے کی لاش دیکھ کر وہ ٹھٹک گئی۔ اُس نے شاید کچھ کہا۔ مگر آواز کہیں بہت دُور سے سُنائی

دی میری آنکھوں کے آگے اندھیرا چھا گیا۔ صرف آنگن میں ایک پرندہ پھُدکتا رہا میرے کانوں میں پرندے کا گیت رس گھولنے لگا۔ دیکھتے ہی دیکھتے پرندہ تار کو چھوڑ کر پھُر سے اُڑ گیا اور فضا کا طواف کرنے لگا۔ پھر مجھے لگا جیسے پرندے کی جگہ جانکی اس تار سے لٹک رہی ہے۔ میں نے زور سے آنکھیں میچ لیں۔ تب ایک کرخت سی آواز سُنائی دی۔ جانکی نے زور سے کھڑکی بند کر دی تھی۔ وہ آہستہ آہستہ آکر میری چارپائی کے پاس فرش پر بیٹھ گئی اور زار و قطار رونے لگی۔ میں نے سوچا شاید میری حالت کچھ زیادہ ہی خراب ہے اور اسی لئے جانکی رو رہی ہے۔

رونے سے کچھ نہیں ہوگا جانکی۔ تم رو نہیں۔ جا کر کسی ڈاکٹر کو بُلا لاؤ۔ میں نے بُجھی بُجھی سی آواز میں کہا۔ میری بات سے جیسے جانکی کے رونے کا طلسم ٹوٹ گیا۔ رونا بند کر کے اس نے میرے سینے پر ہاتھ مار کر غصے سے کہا۔

ندیدے ابے شرم! تمہیں تار سے لٹکتی ہوئی یہ چڑیا کی لاش نظر آئی۔ اور تم اُس کے غم میں چارپائی سے لگ گئے مگر میں کبھی نظر نہیں آئی۔ جو ایک مُدت سے تمہاری محبت کی تار سے لٹک رہی ہے۔

میں ہکا بکا رہ گیا۔ میں نے کہا نا کہ صرف اندھیرا ہی ہر چیز کو نہیں چھُپا دیتا ہے۔ تیز چکا چوند کرنے والی روشنی بھی چیزوں کو چھُپا دیتی ہے۔ جانکی کی مسکراہٹ کی تیز چندھیا دینے والی روشنی۔

ایک پیالی چائے تو بنا کر لے آؤ جانکی۔ میں نے کہا اور بے ہوش ہو گیا۔

کانچ کی دنیا

اُس کا نام مادھوی تھا۔ اور اس کی ایک الگ سی زندگی تھی۔ جانے کیسی زندگی تھی۔ کیونکہ کسی نے اِس زندگی کے پہلے باب نہیں پڑھے تھے۔ ہر ممبر نے صرف وہی صفحہ دیکھا تھا جو اُس کے سامنے کھلا تھا۔ ہر ممبر اُسی عبارت سے آشنا تھا جو اِس کھلے ہوئے صفحے پر لکھی تھی ـــــ اس کے بعد یہ کتاب میری آنکھوں کے سامنے آئی۔ اور میں نے ایک بڑی غلطی کی جو اِس کتاب کو شروع سے پڑھنا چاہا کیونکہ مجھے نہیں معلوم تھا کہ اس طلسمی کتاب کے ساتھ یہ بددُعا وابستہ ہے کہ جو کوئی صفحہ پلٹ کے دیکھے گا، اُس کا اپنا صفحہ حرفِ غلط کی طرح مٹ جائے گا ـــ

میں اُن دنوں نیا نیا ہی سن رائنز کلب کا ممبر بنا تھا۔ سن رائز کلب میں فلیش کھیلی جاتی تھی، اور میں فلیش کھیلنے کا دِلدادہ ہوں۔ اس سے پہلے کہ آپ میرے بارے میں کوئی رائے قایم کریں، میں اپنا تعارف پیش کرتا ہوں۔ نئی مارکیٹ کی چودہ نمبر دکان آپ نے ضرور دیکھی ہوگی، کیونکہ یہی ایک کیوُر یَو شاپ اِس ساری مارکیٹ میں ہے۔ آپ چاہیں تو اِسے کباڑیے کی دُکان بھی کہہ سکتے ہیں، مگر اِس لفظ سے مجھے چِڑ ہے۔ دکان نہایت

نفیس انداز سے سجائی گئی ہے۔ اور یہی سجاوٹ اِس دُکان کا کُل اثاثہ ہے، ورنہ تمام کیُوریوز تو ۱۹۴۷ء میں انگریزوں کے ساتھ رفو چکر ہو گئے ہیں۔ کبھی کوئی جاہل سا مگر دولت مند سا سیٹھ اِس دکان میں داخل ہو کر لارڈ کلایو کی پائپ یا بڈشاہ کا سماوار یا یوسف شاہ چک کا زرکاری پیزار یا تانتیا توپ کے گھوڑے کی لگام بڑی مِنت سماجت کے بعد اور کوئی چار پانچ ہندسوں والی رقم ادا کر کے باہر آتا ہے۔ ورنہ زیادہ تر اس دُکان میں مکھیاں ہی بِھنبھنایا کرتی ہیں۔ بندہ اس دُکان کا پروپرائٹر ہے۔ اپنی دکان کے لئے گاہک فراہم کرنے کے لئے میں شہر کے تقریباً تمام کلبوں کا ممبر تھا۔ اور کلبوں کی ممبری نے مجھے فلیش کھیلنے کی طرف راغب کیا تھا۔ ویسے سودا مہنگا بھی نہ تھا کیونکہ فلیش کھیلنے میں مجھے قدرے مہارت حاصل ہو گئی تھی اور عام طور پر کلبوں کی فیس اور دیگر اخراجات کے لئے پیسہ مجھے اسی شغل سے مِلتا تھا۔ اِس ناطے آپ اِسے میرا سائڈ پروفیشن بھی کہہ سکتے ہیں۔ اِس لفظ پر میں ناراض نہیں ہوتا ہوں، کیونکہ سائڈ پروفیشن کے بغیر آجکل کے مہنگائی کے زمانے میں گزارہ مشکل ہے۔ اسی لئے اسکول ماسٹر کا سائڈ پروفیشن ٹیوشن پڑھانا ہے، آرٹسٹ کا سائڈ پروفیشن، سائن بورڈ پینٹ کرنا ہے، کلرک کا سائڈ پروفیشن رشوت لینا ہے۔ لیڈر کا سائڈ پروفیشن منسٹر بننا ہے۔ ایکٹر کا سائڈ پروفیشن صابن یا تیل کے اشتہاروں کا ماڈل بننا ہے۔

بہر حال اِن رائز کلب میں، میں اپنے سائڈ پروفیشن میں مشغول تھا کہ میری ملاقات مادھوی سے ہوئی۔ اتفاق سے وہ بھی اُسی ٹیبل پر بیٹھ کر کھیل رہی تھی جس پر میں کھیل رہا تھا۔ اور اُس نے ایک دو ہاتھ ایسے چلائے کہ مجھے اپنی مہارت پر سے ایمان اُٹھنے لگا۔ میں نے اُس کی طرف غور سے دیکھا۔ تنگ پائنچوں والی ماڈرن شلوار، ڈھول پر منڈھے ہوئے چمڑے کی طرح تنگ قمیض۔ بالوں کی لٹیں پریشان حالت میں کندھوں پر لہراتی ہوئی، ایک جل پری لگتی تھی۔ ہنستی تھی تو دونوں گالوں پر گڑھے بنتے تھے۔ اِن گڑھوں کے بارے میں فارسی کے شاعروں نے دیوانوں کے دیوان مرتب کئے ہیں۔ میری سوچ کے مطابق تو یہ بھی ایک کیُوریو تھا۔ گلستان بوستان کے زمانے کا کیُوریو، مگر اطلس میں

پٹا ہوا—

دوسرے دن بھی اس کے ساتھ کھیل ہوا، اور میں ہار گیا۔ تیسرے دن بھی اُس نے چند ہاتھ جما کے مجھے اپنی مہارت کا گرویدہ بنا دیا۔

اُسی شام میں نے ایک ممبر سے پوچھا "کون ہے؟"

"مادھوی!"

"وہ تو میں جانتا ہوں اس کا نام مادھوی ہے — آگے پیچھے کی کوئی تاریخ؟"

"ہٹاؤ یار! تاریخ جان کر کون سا امتحان دینا ہے۔"

چوتھے روز میں نے مادھوی کو ایلیس میں ڈنر کی دعوت دی، جو بلا کسی ہچکچاہٹ کے قبول کی گئی — اور پہلی ملاقات کے پورے دس دن کے بعد میں نے فیصلہ کیا کہ مجھے دو کام کرنے ہیں۔ ایک یہ کہ مادھوی کے بارے میں تمام معلومات حاصل کرنی ہیں اور دوسرا یہ کہ مادھوی کے ساتھ جلد از جلد شادی کرنی ہے۔ اب آپ سے کیا چھپانا؟ اِس فیصلے میں محبت کو کم اور مصلحت اور بزنس کو زیادہ دخل تھا— کیونکہ میرے اندازے کے مطابق مادھوی کو لائف پارٹنر بنانے میں فائدہ ہی فائدہ تھا— ایک تو یہ دُکان پر میری مدد کر سکتی تھی۔ انگریزی فرفر بولتی تھی، رکھ رکھاؤ اور دُنیاداری میں ماہر تھی— اور دوسرے یہ کہ کلب میں فلیش بھی کھیل سکتی تھی اور اِس معاملے میں میری اور اُس کی مہارت کافی مدد دے سکتی تھی۔

آج کل کی دُنیا میں آدمی MATTER OF FACT نہ ہو، تو زندہ رہنا مشکل ہے۔ اور اگر زندہ رہے گا بھی تو لاکھوں کروڑوں سفید کالروں کی طرح بے ڈھب، بے رنگ و بو اور بے مزہ زندگی گزارے گا— میرے لئے ایسی زندگی سے موت بہتر تھی۔

چنانچہ پلان کے مطابق کام شروع ہوا— اور پہلا مرحلہ طے ہوا، یعنی مادھوی کے بارے میں تمام معلومات حاصل ہو گئیں— اطلاع کے مطابق مادھوی ایک اسکول ماسٹر کی بیٹی تھی، نرسنگ ہوم میں بطور نرس کے کام کرتی تھی۔ اور پانچ بجے کے بعد اپنی اس زندگی کا لبادہ اُتار کے ایک دوسری زندگی کا ڈریس پہنتی تھی— یعنی مادھوی ایک ہی

وقت میں دو زندگیاں گزارتی تھی — ایک غریب نرس کی زندگی، جس میں وہ محبت کا پیکر بن کر مریضوں کے تپتے ماتھے پر اپنا شفقت کا ہاتھ رکھتی تھی، اُن کے زخموں کی ٹیس کو، درد کی کربناکی کو اپنی میٹھی، پیاری اور کومل مسکراہٹ میں نہلا دھلا کر اُن کے لئے ایک پھاہا تیار کرتی تھی، اور پانچ سو روپے ماہانہ تنخواہ پاتی تھی — اور ایک شوخ و شنگ تتلی کی زندگی، جس میں وہ بڑھیا اور جدید فیشن کے کپڑے پہن کر ہر شام ٹیکسی میں بیٹھ کر سن رائز کلب میں آتی تھی اور فلیش کھیلتی تھی، ٹوِسٹ کرتی تھی، بیئر پیتی تھی اور دو تین گھنٹے اپنا منورنجن کرنے کے بعد چلی جاتی تھی — اُس گندے سے، ٹوٹے پھوٹے سے مکان میں، جہاں اُس کی اُستانی ماں دن بھر کی تھکان سے چور اس کا انتظار کرتی رہتی تھی —

یہ بھی اطلاع ملی کہ مادھوی نے کبھی اپنی ماں کو شرمندگی کا سامنا نہیں کرنے دیا تھا۔ اور اُس نے جو اپنی ماں کو ایک بھروسہ دیا تھا کہ وہ کوئی ایسا ویسا قدم نہیں اُٹھائے گی جس سے اُسے لوگوں سے نظریں چُرانا پڑیں، اُس نے وہ بھروسہ اور اعتماد بھی قایم رکھا تھا۔ میرے لئے یہ اطلاعات کوئی اچنبھے کی بات نہ تھیں، کیونکہ آج کل ہر شخص دو دو بلکہ تین تین زندگیاں بیک وقت گزارنے پر مجبور ہے — اِسی لئے ایک بنواڑی بیک وقت بنواڑی بھی ہوتا ہے، اسمگلر بھی ہوتا ہے اور اپنے محلّے کا پریزیڈنٹ بھی ہوتا ہے۔ یا ایک افسر بیک وقت افسر بھی ہوتا ہے اور کسی فرم یا کمپنی کا مالک بھی — یا ایک سادھو بیک وقت مذہبی پیشوا بھی ہوتا ہے، بردہ فروش بھی ہوتا ہے اور جوئے خانے کا مالک بھی ہوتا ہے۔

اس لئے مجھے مادھوی کی دو زندگیوں کے بارے میں کوئی تعجب نہ ہوا، بلکہ میرا ارادہ اس کے ساتھ شادی کرنے کا اور پختہ ہوگیا۔

چنانچہ ایک دن، جب میں نے اُس کو 'نیاگرا' میں ڈنر پر مدعو کیا تھا، میں نے اپنا آپ اس کے سامنے پیش کیا۔ اُسے کوئی تعجب نہ ہوا۔ وہ حسبِ معمول کھانا کھاتی رہی — اُس نے کوئی بات نہ کی، صرف چُپ چاپ کھانا کھاتی رہی۔ میں بھی خاموش کھانا کھاتا رہا — پھر کافی آئی — اُس نے میرے سگریٹ کیس سے ایک سگریٹ نکال کر

جلایا۔ دو چار ہلکے سے کش لے کر اُس نے میری طرف دیکھا ــــ دیر تک دیکھتی رہی۔

"آپ کی جان پہچان کیا ہے؟"

میں اِس سوال پر چونک اُٹھا ــــ

"جان پہچان؟" میں نے حیرانگی سے پوچھا۔

"اوہ! جان پہچان سے میری مراد آپ کا بزنس، آپ کی اسٹینڈنگ وغیرہ وغیرہ۔"

"ارے ہاں! واقعی آپ کو یہ سوال کرنے کا اور اس کا جواب پانے کا حق ہے۔"

میں اس کی صاف گوئی سے کافی متاثر ہوا۔ میں نے اُسے اپنی جان پہچان بتائی۔ یعنی یہ کہ میں ایک کیوریو شاپ کا مالک ہوں، جس میں اگر دیکھا جائے تو چند سو روپیوں کا مال ہے، جس کی قیمت اگر چکانے والا مل جائے تو ہزاروں بلکہ لاکھوں ہو سکتی ہے ــــ اور یہ کہ میں روزمرّہ کے اخراجات فلش کھیل کر پورے کرتا ہوں۔ کبھی کبھی ہارتا بھی ہوں' مگر زیادہ تر میری قسمت اس معاملے میں مجھ پر مہربان ہی رہتی ہے ــــ میں نے اُس کو بتایا کہ میرے پاس دو بینک اکاؤنٹ ہیں ــــ میں نے اُسے یہ بھی بتایا کہ میں جس مکان میں رہتا ہوں، وہ سات پُشتوں سے ہمارا آبائی مکان ہے اور ظاہر ہے خستہ حالت میں ہے۔ باہر سے تو اس کی طرف دیکھ کر اُبکائی آتی ہے مگر اندر میں نے اُس کے چند ایک کمروں کو بڑی نفاست سے سجایا ہے ــــ

"اور تمہیں معلوم ہے کہ میں نے یہ سب حقیقتیں تم پر کیوں ظاہر کی ہیں؟ اس لئے کہ مجھے تمہاری حقیقتوں کا علم ہے۔ اس لئے ہم دونوں مل کر ایک اچھی زندگی گزار سکتے ہیں۔"

اُس نے ایک اور سگریٹ جلایا۔ پھر اس کو ایش ٹرے میں مروڑ کر اُٹھتے ہوئے کہا ــــ

"میرا بھی یہی خیال ہے کہ ہم دونوں مل کر ایک اچھی زندگی گزار سکتے ہیں ــــ کیا آپ مجھے گھر تک چھوڑنے آئیں گے۔"

"ضرور۔ مگر تم نے بات ادھوری چھوڑ دی ہے ــــ میرے پھیلائے ہوئے ہاتھ کو جواب کی ضرورت ہے۔"

"میرا خیال ہے کہ مجھے اِس ہاتھ کو تھام لینا چاہیے، تاہم میں چاہتی ہوں کہ تنہائی میں اپنے دل سے مشورہ کر لوں۔"

"یہی تو بڑی غلطی ہے۔ آجکل مشورہ دل سے نہیں دماغ سے کیا جاتا ہے۔"

اُس نے کوئی جواب نہ دیا۔ اور میں اُسے ٹیکسی میں بٹھاکر گھر چھوڑ آیا۔

اُس رات جب میں گھر پہنچا تو میرے دل میں چند نئی اُمنگیں جاگ اُٹھی تھیں۔ اِن اُمنگوں کو میں نے پہلے کبھی محسوس نہ کیا تھا۔ ایک عجیب طرح کا اُمید و بیم کا احساس میرے اندر جاگ اُٹھا۔۔۔ اور میں نے پہلی بار محسوس کیا کہ میرے اندر کے شوکیس میں جو جگہ خالی تھی، اس کے لئے میں نے کبھی کوئی کیوریو ڈھونڈھنے کی کوشش نہیں کی تھی۔ ہائے! یہ شوکیس کب سے خالی تھا۔۔۔ اور اچانک، غیر ارادی طور پر میں نے مادھوی کو اِس شوکیس میں رکھا۔۔۔ اندر کی کایا ہی بدل گئی۔۔۔

میں کیسا کیوریو ڈیلر ہوں جس نے اِس قدیم نایاب اور بے قیمت کیوریو کو نظر انداز کیا تھا۔۔۔ محبّت!!

وہ رات میں نے بے قراری میں گزار دی۔۔۔ دوسرا دن بھی میں نے بے قراری میں گزار دیا۔۔۔ شام کو کلب میں پہنچا تو ایک عجیب طرح کے انتظار نے پریشان کیا۔۔۔ اور ایسے میں میرے اندر کا بزنس مین مر گیا، زندگی کا سارا فلسفہ دھرے کا دھرا رہ گیا۔ صرف ایک جذبہ قایم رہا۔ محبّت کا جذبہ۔۔۔ اور میں نے فیصلہ کیا کہ میں مادھوی کو کبھی کلب میں تاش نہیں کھیلنے دوں گا۔ اُس کو کبھی دُکان میں کام نہیں کرنے دوں گا۔ اس کو میں دل کے اندر والے شوکیس میں چھپا کے رکھوں گا۔۔۔ کسی ان جانے ارمان کی طرح۔۔۔

دوسرے دن مادھوی میری دُکان پر آئی۔ بہت خوش خوش نظر آ رہی تھی۔۔۔ آتے ہی میرے سامنے کرسی پر بیٹھ گئی۔۔۔ اُمید و بیم کے چند جان لیوا لمحے گزر گئے۔۔۔

"میں نے ماں سے مشورہ کیا ہے۔ اُس نے اِس سلسلے میں میری اپنی پسند کو قبول کرنا منظور کر لیا ہے۔" اُس نے جھک کر کہا۔۔۔ میرے ہاتھ پاؤں پھول گئے۔۔۔ پھر ہم نے مل کر ایک نئی زندگی کا ڈھانچہ تیار کیا۔ ہر ایک بات تفصیل سے طے کی۔۔۔ شادی

عدالت میں ہوگی۔ شام کو سن رائز کلب میں ایک چھوٹی سی پارٹی ہوگی ۔ پھر ہنی مون کے لئے پہلگام جائیں گے ۔۔۔ ہائے کتنی خوبصورت زندگی کے خدوخال ہمارے سامنے دیکھتے ہی دیکھتے اُبھرنے لگے۔

"مجھے ایک کمپاؤنڈر سے محبت تھی ۔" اُس نے باتوں باتوں میں مجھے بتادیا۔

"مگر میں اُس کے ساتھ شادی نہیں کرنا چاہتی تھی، کیونکہ مجھے ایک بے رنگ سی بے ڈھب سی، بے جان سی زندگی پسند نہیں۔ ایک کمپاؤنڈر کے ساتھ مجھے اور کیا ملتا ــــــ آج میں اُس کو اپنا آخری فیصلہ سُنا کر یہاں آگئی ہوں ـــ میری بات سُنکر اُس کے ہاتھ سے دوائی کی شیشی گر کر چوُر چوُر ہوگئی ـــ اور وہ کانچ کے ٹکڑوں کو بڑی احتیاط سے چُنتا رہا ـــ جیسے اپنے دل کے ٹکڑے چُن رہا ہو۔"

مادھوی نے یہ کہہ کر ایک قہقہہ لگایا ـــ جانے کیوں یہ قہقہہ سُن کے میں چونک پڑا ـــ

"خیر یہ چیزیں تو ہوتی رہتی ہیں ـــ آدمی کو بہت سی باتوں کو مدِنظر رکھنا پڑتا ہے۔"

"ہاں تو اور کیا۔ پگلا! کانچ کے ٹکڑوں کو بڑی احتیاط سے چُنتا رہا۔ زبان سے کچھ کہا نہیں۔"

مادھوی نے کہا اور اُس پر ہنسی کا دورہ پڑ گیا ـــ مجبوراً مجھے بھی اِس ہنسی میں شریک ہونا پڑا ـــ

"صدمہ ہوا ہوگا بیچارے کو ـــ یہ غریب قسم کے لوگ قدرے جذباتی ہوتے ہیں۔"

"خیر! ہٹائیے میں بھی کیا ذکر لے بیٹھی ـــ میں نے ماں کو بتادیا ہے کہ شادی بہت سیدھے سادھے ڈھنگ سے ہوگی۔ کوئی بینڈ باجہ نہیں ہوگا، کوئی آتشبازی نہیں ہوگی ـــ وہ کمپاؤنڈر تو بینڈ باجے کے خواب دیکھتا ہوگا۔ پگلا! کانچ کے ٹکڑوں کو ایسے چُنتا رہا جیسے دل کے ٹکڑے ہوں۔"

کہتے کہتے مادھوی نے ایک اور قہقہہ لگایا ــــ ہنستے ہنستے اُس کی آنکھوں میں آنسو آگئے ــــ

"ہاں مدھو ڈیر! پھر دوسرے ہی دن سویرے ہم پہلگام جائیں گے ــــ دُور دُور تک گھوڑوں پر بیٹھ کر سیر کریں گے، کھُلے آسمان کے نیچے پیار کا ایک گھروندا تیار کریں گے ــــ ہائے! اُس پیار کے گھروندے میں ہمارے بچے کھیلیں گے ــــــ اور چاندنی راتوں میں لدر کے کنارے ہم سنگریزے چُنتے چُنتے وہیں سنگریزوں کے بیچ ہی سو جائیں گے۔"

"وہ کمپاؤنڈر تو نرسنگ ہوم میں کبھی کبھی میرا انتظار کرتے کرتے وہیں بینچ پر سو جاتا تھا۔"

"ہٹاؤ اب اُس کمپاؤنڈر کے بچے کی باتیں۔"

"ہنسی آتی ہے، پگلا! زبان سے ایک لفظ ہی بولتا۔ صرف چُپ چاپ کانچ کے ٹکڑے چُنتا رہا۔"

مادھوی نے ایک اور قہقہہ لگایا اور ساتھ ہی وہ پھُوٹ پھُوٹ کر رونے لگی ــــــ میں حیران و ششدر اس عجیب سی لڑکی کو دیکھتا رہا۔

"پگلا کہیں کا۔ نرس ٹائپ آدمی۔ بوتل ہاتھ سے گر گئی اور پھر چُپ چاپ کانچ۔" روتے روتے ہی وہ کہتی جا رہی تھی ــــ مجھے غصہ آگیا۔

"مادھوی!" میں نے تقریباً چیخ کر کہا۔ ــــ وہ رُک گئی اور میری طرف رحم طلب نظروں سے دیکھنے لگی۔

"مدھو ڈیر! ہم تو اپنی شادی کا پلان بنا رہے ہیں۔"

"شادی؟" اُس نے دھیمے سے کہا اور دوسرے لمحے وہ لپک کر کھڑی ہو گئی، اُس نے جھپٹ کر میز سے اپنا پرس اُٹھایا اور باہر بھاگ گئی۔

"مادھوی! کہاں جا رہی ہو؟" میں نے حیرت سے پُکارا۔

"شادی کرنے ــــ اُس کمپاؤنڈر کے ساتھ۔" اُس نے پلٹ کر جواب دیا اور دوسرے لمحے وہ بازار کی بھیڑ میں کھو گئی ★★

منتخب افسانوں کا ایک اور مجموعہ

دل کی بستی

مصنف : پشکر ناتھ

بین الاقوامی ایڈیشن جلد منظر عام پر آرہا ہے